ANGELA OANCEA

Vivere
per
Amore

romanzo

Youcanprint *Self-Publishing*

Titolo | Vivere per Amore
Autore | Angela Oancea

ISBN | 978-88-93210-32-4

Youcanprint Self-Publishing
Via Roma, 73 – 73039 Tricase (LE) – Italy
www.youcanprint.it
info@youcanprint.it
Facebook: facebook.com/youcanprint.it
Twitter: twitter.com/youcanprintit

Ringraziamenti

Un ringraziamento particolare a Marius Oancea per il suo supporto. Grazie per avermi aiutato a gestire tutto il progetto, per la curatela e la presenza costante.

"Mi piace essere uno spirito libero molti questo
non piace, ma questo è ciò che sono."

Diana Spencer (principessa Diana)

Indice

Introduzione

In questo romanzo l'autore porta quattro messaggi importanti al mondo. Qui l'autore scrive quanto è importante nella vita avere questo sentimento – L'AMORE. Per l'amore e con l'amore si può fare tutto nella vita.

Questo è un romanzo contemporaneo , un AMORE dell 2015, è un amore virtuale, dell presente, quello che ci rappresenta chi siamo noi oggi, e chi possiamo essere domani e di che cosa siamo capaci di diventare per l'amore. Questo romanzo ci dimostra che in realtà l'amore è una malattia che ancora gli scienziati non hanno trovato una cura con le medicine, per l'amore i farmaci non esistono – solo i sentimenti. Questo romanzo ci regala tanta **speranza**, direi che ci insegna di averla e di non perderla maie poi mai nella vita. I quattro messaggi dell'autore sono:

1. La *Violenza contro le donne* – importantissimo nella nostra società, ogni giorno migliaia di donne tutti giorni soffrono di ciò.

2. La *Lotta contro la droga* – migliaia di persone, hanno perso la vita per la droga: bambini, artisti che sono rimasti come grande legenda nella storia (W.Huston, F.Mercuri, Amy Winehouse, Curt Cobein) e tanti altri che si hanno rovinato la loro vita. Qualcuno ha rovinato la propria vita per disperazione, altri per divertirsi alla fine sono finiti male tutti. Solo le loro opere d'arte sono rimaste ancora tra di noi, che ci lasciano i loro ricordi nelle nostre anime anche per le nostre generazioni.

3. La *Speranza* –in questo romanzo la speranza c'è ne tanta anche se la storia si svolge in un'altro mondo che non sappiamo se esiste in realtà. L'autore vuole dire al mondo che:" **con la speranza e la voglia di fare si cambia anche il mondo**", si vincono le malattie e le guerre, possiamo ottenere quei risultati che non abbiamo mai pensato che lo potessimo raggiungere. In questo modo l'autore ci vuole svegliare e ci dice di aprire gli occhi a tutto ciò che accade intorno a noi.

4. L'*AMORE*- é un messaggio di quelli più forti che esistano al mondo, uno dei principali. Più bel sentimento che esiste nell'umanità. Di nuovo si è dimostrato che l'more vince sempre. Se una persona vive senza L'AMORE, almeno una volta si innamorerà, e se accade che non si innamorerà mai la sua vita non ha avuto senso. L'amore è il sentimento più dolce e più bello che esista. Questo romanzo porta il messaggio che parla delle donne quelle che sono innamorate oppure vivono con i mariti, compagni che di età sono molto più giovani di loro cosi chiamati "Toy Boys." Infatti sono molto giudicate queste donne, per questo motivo loro quasi sempre nascondono la loro vita. Ma perché una donna si deve vergognare del suo marito, suo fidanzato, compagno che sia più giovane di lei oppure più grande. L'autore vuole arrivare al cuore di ognuno di noi e togliere questo vizio di giudicare gli altri anzi, le donne sopratutto. Perchè le donne non hanno diritto di innamorarsi di quelli più giovani? Perchè si devono nascondere? Chi ha creato questo standart dell'ideialismo, che solo l'uomo deve essere più grande di età in un matrimonio e deve essere più superiore in tutto rispetto alla donna? E una cosa non normale. Basta essere felice e andare d'accordo, é la cosa più bella e più importante nella vita. Un'amore non è sempre l'espressione fisica, si vive per l'amore del rispetto della persona e per la belleza dell'anima di una persona. Due persone possono amarsi anche per il modo di come si tratano e si proteggono . Esistono migliaia di modi in cui poi amare una persona non solo se è bella, oppure se ha un grande stabilimento materiale.

Questo libro è il mio modo di cambiare il giudizio di tutti, di dare la possibilità di capire che ognuno di noi può esprimersi a modo suo e decidere per se stesso, senza essere giudicato oppure comandato. Questo libro da la possibilita a ognuno di noi di capire dove sta la felicita e come posiamo essere felici - *bisognia scegliere nella vita.* A volte le donne si sacrificano la loro vita, ma questa non lo aprezza nessuno. Però ognuno di noi fa le sue scelte nella vita non per essere aprezzati, ma per essere felici e amati.

Aprezzate le persone care quando sono vive vicino a voi non quando non ci sono più e imparate a riconoscere i propri sbagli.

Spero di essere arrivato al vostro cuore e anche far arrivare nelle vostre anime i quattro messagi che possono cambiare il mondo per bene.

Angela Oancea.

Capitolo I

L'AMICIZIA sul SITO

La storia inizia in un modo strano. In due posti diversi, due persone un pochino tristi, nello stesso momento provano di trovare un modo per distrarsi un po' dalla tristezza e la noia che hanno. Stanno navigando su internet, provano ad andare a fare qualche cosa in qualche maniera diversa dal solito. Si parla di un ragazzo e una ragazza. Guardando su internet diverse immagini, diversi amici, amici dei amici, persone che potrebbe conoscere ed eccoci qui salta questa foto che ti taglia quel sguardo. Lui è diventato come un ghiacciolo non si muove neanche. La guarda. Sta pensando nella voce alta:''Che bella che sei, mi piaci proprio. Che faccio, mando un amicizia? Eh si dai mandiamola. Allora vediamo la acceta? Dai accettala! Dai, Dai...'' Sta aspettando lui. È molto curioso cosa farà questa ragazza, accetterà oppure no. Magari no, chissà?

In questo momento la ragazza si prepara per andare acasa , ha finito di lavorare e se ne va. Appena salita sulla machina guardando il telefono per caso ha visto che ha una richiesta di amicizia. Ma chi è? Vediamo. Sta guardando il profilo, non lo sa, non conosce nessuno. Un giovanotto? Mmm che simpaticone. Dai accettiamolo. E lo aceta. E da qui che parte tutto. Messaggi, discorsi ecc... Arriva un messaggio, scritto in inglese. Non capisce bene l'inglese, sta traducendo.

'' – Ciao! Sono Maik. Vivo negli SUA, NEW YORK''

" –Ciao, sono Elizabeth. Io vivo in ITALIA. Non capisco bene l'inglese"

Maik – *"Mi fa piacere averti come amica, grazie per aver accettato."*

Eliz – *"Di niente."*

Maik –*" Io conosco due lingue francese e russo.*

Eliz - *" Ah, che bello, francese e russo le conosco anch'io.*

Maik - *" A me piace parlare su diverse tematiche."*

Eliz -*" Anche a me, il mio tema preferito sono discorsi sugli SBAGLI UMANI."*

Maik - *" Ah sii, sul serio? "*

Eliz - *" Certo, sono un psicologo nella vita."*

Maik - *" A sii, che bello. Cosa mi puoi dire a me, come consiglio?"*

Eliz - *" Niente, non ti conosco, cosa voi che ti dica?"*

Maik - *" Ma qualcosa, sarebbe interessante per te sapere tutto di tutti."*

Eliz - *" Certo, potrei dire dal primo messaggio che sei uno che ti piacciono le donne, e vai a conoscere spesso sempre persone nuove. Ho ragione? - dimmi se sbaglio."*

Maik - *"Beh, certo mi piacciono le ragazze belle, sempre nuove."*

Eliz - *" Eh allora, non ho sbagliato ,il mio pensiero è quello giusto. Subito ti ho capito*
che razza di persona sei."

Maik - *" Ooou perché mi rispondi male? Tu hai una famiglia, sei sposata, oppure no?"*

Eliz - *" Ma tu sei cosi curioso, c'è un po di modestia ed educazione."*

Maik - *" Guarda io sono fidanzato, però cerco di divertirmi un po in un'altro modo.*
Vuoi provare a venire con me, dai non essere egoista vieni con me nel mio mondo, divertiamoci insieme."

Eliz - *" Di che mondo stai poarlando ? Non dire cose stupide. Mi stai facendo impazzire, sei un maleducato. Non si* *può aver un comportamento del genere, anche se ti trovi sul WEB. Non scrivermi più. Non sono la persona di cui tu hai bisogno. Ciao e tanti saluti."*

Maik - *"Ti prego dai ... Non fare la Santa esci da quella etichetta da perfettina, parliamo un po'.Ho bisogno di parlare. Sei una Dottoressa, no? Raccontami una storia d'amore della tua vita. Il mio tema preferito sono le storie d'AMORE."*

Elizabeth è un po' emozionata e agitata. Non si è aspettata a una cosa del genere. Non le era mai capitata. Non sa cosa risponderli.

Eliz - *"No mi ricordo nessuna storia."*

"E poi deve sapere che una psicologa ascolta i pazienti e non racconta le proprie storie. Spero che sono stata chiara."

Maik - *"Certo chiarissimo! Scusami se ti ho offeso. Non intendevo questo, rimaniamo amici?*

Eliz - *" OK ."*

E cosi tanti giorni uno dopo l'altro continuavano a messaggiare in modo molto strano, chat piene di curiosita e di corteggiamento. Elizabeth si è lasciata andare, è stata anche lei curiosa dove andrà a finire con tutta questa storia. L'amicizia continuava e si capiva che si andava troppo lontani e in profondità con le parole. Parole che valgono molto. Nessuno di loro non ha mai pensato a una situazione del genere. Però si andava avanti con le nuove emozioni troppo forti piene di felicità. Quanto poco bastava per essere felici; qualche parola bella, dei complimenti e la felicità colpiva forte il cuore. Si iniziava a pensare male, cioè, ognuno di loro era impegnato con la propria vita.

Lui aveva la fidanzata, che già sospettava qualche cosa strana, perché ultimamente era troppo impegnato con il lavoro sul Web. Era comunque un direttore di finanza, anzi la più grande ditta per le vendite di merce online.

Lei era una persona molto particolare viveva con la sua famiglia; suo marito e con suo figlio che aveva 17 anni. Lei era capita poco come persona e come professionista. Viveva un inferno con suo marito violente e arrogante. Non la aprezzava mai, ne come mamma, ne come moglie. Mai un giorno contento quella persona, non gli andava bene mai niente. Ogni giorno era terrorizata e violentata. Non c'e stata mai una festa oppure un'altra cosa che passa con la tranquilità, e solo lui aveva ragione sempre. Comunque c'erano persone che la amavano e la rispettavano molto come amica e come persona. Aveva tanti amici che sempre cercavano i suoi consigli, era forte nel suo lavoro come psicologa , un talento, un genio della natura. Aveva una potenza inspiegabile, per questo era rispettata molto anche dai suoi coleghi di lavoro. Però nella vita privata non era capace di essere all'altezza. Era come una topolina grigia e sempre di corsa. Invece il suo marito faceva tutto con calma. Si chiamava Fabio erà un perssonaggio pubblico un "showmen", e sempre erà occupato con le sue proprie cose era poco presente nella famiglia, nella vita di suo figlio. Invece suo figlio Leonardo era sempre di fianco a sua mamma e non la lasciava mai da sola. Era bravissimo in tutto studiava alle superiori, gli piaceva fare lo sport si impegnava molto. Sua mamma era molto orgoliosa di lui, un ragazzo meraviglioso.

Sono passati sei mesi, da quando c'è stata quest'amicizia sul sito con Maik, le cose non potevano andare in questo modo cosi i giochi erano finiti, si sono trasformati in realtà. Elizabeth e Maik hanno capito che si tratta di sentimenti forti, che li facevano impazzire a tutti e due. Ogni giorno si mandavano dei messagi ; come stai, cosa fai, mi manchi e tutto quanto... Parlavano dei piani insieme e diversi discorsi che li facevano felici. Tutto questo è durato finché la fidanzata di Maik non ha scoperto i messaggi in un momento quando lui era in bagno. Ha capito che si tratta di un'altra ragazza. Era rimasta male hanno litigato: "Non ti voglio più vedere"-urlando mentre se ne andava via.

Certamente Maik soffriva il doppio, una donna di cui era innamorato stava lontano da lui invece un'altra donna che era abituato a lei lo ha abbandonato per sempre. Per questi problemi non poteva concentrarsi sul lavoro, che era molto importante, doveva partecipare al concorso " Prima azienda per le vendite online". Ha litigato con gli amici che sempre erano vicino. Loro non erano d'accordo con lui , dicevano che non è giusto rinunciare a tutto quello che ha ottenuto da anni; fidanzata, lavoro, amici per una persona che lui non conosce e nemmeno non l'ha mai vista. Ma il suo cuore non voleva ascoltare niente. Loro provavano a spiegare che quella persona potrebbe anche non essere quello che si aspetta. Poteva scrivere a chiunque, anche a un uomo, un ragazzino, un vecchio spiegava il suo amico del cuore Alex, ma lui non capiva nulla.

-Io ho parlato con lei qualche volta.

-Potevi parlare con chiunque per una o due volte, poi con la scusa di essere occupata poteva risponderti con i messaggi.

- Basta!!! Non ne voglio sentire più di queste cose, finiscila qui cazzo– gridasse Maik al suo amico. E lui se ne andò offeso. A Maik spiaceva che ha litigato con il suo miglior amico, però è successo.

Invece Elizabeth aveva disturbi dei propri pensieri , perché era un segreto del suo cuore e che non poteva dire a nessuno quello che succedeva con lei, solo che tutti vedevono cose strane, come era inamorata. Lei si giustificava che era stanca con il lavoro e la famiglia, che ha tanti pazienti problematici e strapiena di lavoro. Intanto il suo figlio la trovava piangere, o molto triste, sempre trovava qualche scusa per giustificarsi. Ma lui sapeva tutto, che era un ragazzo inteligente, altro che. Anche Elizabeth pensava che da un altra parte poteva essere non la persona che credeva, aveva paura per deludere se stessa.

Comunque decidono insieme una cosa innaspettabile, che sono arrivati a quell punto di icontrarsi di persona. Non ne potevano più di continuare in questo modo virtuale.

Capitolo II

IL TRADIMETTO

E lei era diventata troppo agitata, impazzita quando pensava che Maik deve arrivare. E come fare? C'e la famiglia, lavoro. Ha trovato un'idea ideale;

" Un invito di lavoro" in un'altra città, e che città? Venezia, città dei romantici! Una piccola bugia per una settimana di felicita. Hanno deciso in fretta, lui si è ordinato il biglietto dell'aereo e via, quasi quasi e dimenticava la valiggia dalla felicità che aveva, allo stesso tempo anche dalla paura, di quello che incontrerà. Si conoscevano solo per le foto sul web, ma già non conta nulla, era tardi. i loro sentimenti erano troppo forti, i loro cuori battevano fortissimo. Ecco il giorno del arrivo di Maik. Elizabeth era già arrivata due ore in anticipo al aeroporto, pensa te che fretta, oppure agitazione.

Che sucede?- si domanda lei. Potrebbe essere un'amore vero?- ma che amore, che non l'ho nemmeno visto. Si stava deludendo e diventava triste, pensava alla famiglia e che faceva uno sbaglio. Ecco l'annuncio del volo che era arrivato. Mamma mia tremava tutta voleva correre indietro. Calmati, calmati si diceva lei da sola, coraggio.

Non ci credeva proprio, la persona della foto era arrivata, andava a cercarla con gli occhi, e non la trovava. Lei voleva scappare quando l'ha vista. Oh Dio, era giovanissimo 23 anni, ma io sono una donna, potrei essere sua madre.

Ecco lui la guardò e la salutò con una mano avicinandossi. La guardava addirittura negli occhi, si è fermato davanti a lei e ha detto:

"Ciao! Finalmente"- e la prende in braccio, la stringe forte, forte togliendole il respiro.

- Ciao! Ben arrivato! Allora, andiamo. Sei

stanco, vuoi mangiare?

Lui la guardò mentre saliva in un taxi come Elizabeth si preoccupava di lui.

Tutti due avevono in testa lo stesso pensiero; "non è una delusione è proprio la persona della foto."

Si abbracciavano e si baciavano. Erano felici e dolcisimi. Lei non poteva togliersi lo sguardo da lui, perchè erà più bello di quelle foto. Sono arrivati nell albergo, eccola la camera grande e spaziosa, vista al mare. Bellissimo, disse lei, cercando di fare qualcosa, di mettere apposto la valigia, nel frattempo lui la guardava come lei era preoccupata e molto timida. Lui decide di fare il primo passo; la chiamò, e lei si era girata con una grande grazia e delicatezza sembrava un cigno.

- Lascia stare quella valigia, non è importante adesso.

L'ha detto con una voce di miele andando contro di lei. Elizabeth sta guardando come i suoi passi si avvicinano. Trema come un pulcino che si è perso. Maik la sta accarezzando. Lei gli parla in russo si esprime meglio, in inglese parla male.

- Ascolta, questo è uno sbaglio, mi dispiace che ti ho deluso, io sono troppo ... matura per te, potrei essere tua mamma.

- Tu non mi hai deluso- dice lui , anzi sei ancora più bella di come immaginavo. Ho aspettato troppo questo momento, e mi sono riffiutato di tante cose per questo momento, lo sognavo, me lo immaginavo.

Lei era agitata. Maik la abbraccia e la bacia, dicendo:

-Lasciati andare, rilassati, sei agitata troppo piccola mia.

Li sta togliendo i vestiti accarezzandola, baciandola. È iniziata una storia d'amore vera. Lui la bacia da per tutto. Elizabeth sia lascia andare . Sono passate due ore e loro erano ancora nel letto, bevevano il vino e facevano l'amore. Un amore cosi puro , e pieno di calore. Erano felici. Lei va a fare la doccia e lui le va dietro. Lei va a prepararsi per uscire e lui le va dietro non lasciandola da sola nemmeno per un secondo.

- Volevo che uscissimo per vedere la città, preparati anche tu, poi andiamo a cena.

Finalmente pronti, sono usciti dall albergo facendo una passagiata prima di cena. Sono in una gondola che li porta nelle strade piene d'acqua.

Venezia una bellezza fantastica.

-Hai scelto una belissima città e molto romantica qui mi sento molto bene vicino a te. Non t'immagini quanto ho desiderato questo momento.

La abbraccia e lo bacia. Elizabeth si ricordò il momento più bello dei primi baci da quando era una ragazzina innamorata. Hanno iniziato finalmente a raccontare qualcosa della loro vita personale. Lui racconta come si sono lasciati con la sua fidanzata, come lei ha saputo tutto dei messaggi. Elizabeth è diventata triste e non voleva raccontare niente di se, poi quolcosa ha iniziato a dire che ha la famiglia, un figlio, marito e non li ha mai traditi, mai. E per questo si sente in colpa.

- Ma dai che colpa? Tu sei felice nella tua familia? Io non sono sicuro. Ho una sensazione che tu sei trattata male.

- Non parliamo di queste cose, meglio tacere, per favore.

- Va bene non ti chedo nulla, però rilassati, te lo meriti, non siamo nell' antichità, poi io non ti obbligo con niente passiamo tempo insieme ogni tanto, e una cosa normale quando due persone si_trovano bene non guardiamo l'età e altre piccole cose, godiamoci questi giorni meravigliosi e bellissimi momenti.

- Tu non lo sai quanto mi costa dire questa bugia.

- Non pensare , e basta. Poi non è per sempre, solo sette giorni, non è cosi tanto – disse lui.

- Per me è tanto, ho lasciato mio figlio – si è emozionata le vengono le lacrime.

- Dai basta, non l'hai abbandonato è per qualche giorno – con tutta la forza la stringe e la bacia forte.

- Ok, non roviniamo la serata, hai ragione – disse Elizabeth.

- Gioia mia, io ho aspettato troppo questo momento, non voglio rovinarlo, io ti adoro gattina mia. Sei un fuoco che mi ha bruciato il cuore. Ti dovevo vedere, per forza, cosi capiamo come andare avanti. Magari è un avventura che passerà, e avremò un bel ricordo di tutta questa storia.

- Eh infatti, hai ragione, sai? Sei davero speciale - stringendo la mano di Maik.

- Non ti voglio vedere triste. Fammi sentire come nel paradiso in questi giorni.

- OK - disse lei sorridendo.

Hanno girato un po per la città, e sono pronti per andare a cena. Dopo una cena deliziosa, si trovano di nuovo sulla gondola in un'atmosfera romantica. Parlano di cose diverse e di tutto Elizabeth sta raccontando del suo lavoro, della clinica dove lavora, di suo figlio, sta raccontando anche di suo marito , che è un egoista è un agrssivo nella vita. Parlano del futuro e del passato. Alla fine sono contenti, sereni e felici. Maik sta dicendo che la porta con lui per un po e le farà vedere il suo modo di vivere, il suo stile di vita, che e molto diverso dal suo.

È tardi, sono entrati nell'albergo abbracciati e sereni. Non sono riusciti bene entrare nella camera che sono si sono buttati nel letto baciandossi, accarezandossi, guardandoli ti sembrerebbe che ballino. Ce un'aria d'amore purò, di una leggerezza e grazia che ti fa impazzire. Maik la accarezza, le fa delle coccole e la bacia dalla punta dei piedi fino in cima della testa. Sembra che non ha confine questa storia. Lui è impazzito di lei, e affamato di un'amore puro. Questo ragazzo è troppo bello e affascinante ai suoi soli 23 anni con un fisico ben messo, perfetto, stupendo che non resisterà nessuna donna.

- Tu sei la mia REGINA , ed io il tuo schiavo, mi hai fatto impazzire, sei stata stupenda: - le ha sussurato all'orecchio con la sua bella voce Maik.

- Anche tu, sei stato fantastico. Mi hai fatto viaggiare in un' altro mondo −_erotico, dove io non penso a nulla solo a te e ad averti vicino.

Giorno dopo giorno, colazione in letto, shopping, passeggiate in barca, cene. Lei decise di portarlo al teatro per cambiare un po l'atmosfera. Lui è stato molto comosso dal teatro. E di nuovo vino, fragole e l'amore continua. Alla mattina lui si sveglia e non trova nessuno vicino a se. Trova un biglieto dove c'è scritto: "Amore mio avevo voglia di correre sta mattina, ti aspetto al BAR per fare colazione, poi ce una sorpresa per te."- Elizabeth.

Maik era di fretta per andare al BAR a fare colazione. Scende, entra nel BAR ma non vede Elizabeth. per un attimo vede che si gira qualcuno, e lei, Elizabeth.

-Mmm ciao, ma come sei bella, tutta cambiata! - lei era vestita con la divisa per andare a cavallo.

- Ciao! Amore faciamo colazione, poi andiamo a passeggio coi cavalli, qui c'è tutta l'attrezzatura che devi mettere.

- Elizabeth è un idea fantastica! Sono rimasti pochissimi giorni e io dovrei
tornare negli SUA, avrei dei bellissimi ricordi.

- Eh gia, non voglio pensare che finirà questa settimana. Chi sa quando ci vediamo di nuovo?

- Beh, tu veni da me a trovarmi quando voi, quando ti senti di venire oppure se ti mancherò.

- Dai sbrigati, abbiamo pochissimo tempo, vai a cambiarti;

Eccoli pronti per andare ad una fattoria dove crescono e tengono i cavalli. Sono arrivati, già li stavano aspettando l'istrutore per dare qualche lezione per andare a cavallo. Erano contentissimi.

- Non so come ringraziarti per questa sorpresa, era proprio un mio desiderio di andare a cavallo, non lo avevo mai fatto prima. Come hai saputo questo mio segreto?

- Non te lo dico, questo sarà il mio segreto – soeride Elizabeth.

- Sei stupenda , fantastica, meravigliosa, unica – una grande donna. Tu mi hai fatto cambiare le mie ragioni, mi hai fatto vedere il mondo in altri colori e ci sei riuscita benissimo.

- Io avevo un'altro stile di vita, più disorganizzato, più giovanile. Senza pensare al futuro, le ragazze mi interessavano solo per una notte e basta, pensavo solo a fare sesso, io non ero una persona romantica neanche seria. Tu sei riuscita fare un grande cambiamento in me, cambiarmi la testa complettamente e adesso aprezzo quello a cui non davo importanza prima.

- Maik questo è il mio lavoro arrivare ai questi risultati e cambiamenti.

- Eh già un bellissimo lavoro hai gioia mia. Eccoliii , escono i cavalli! Che belli che sono, uno e bianco e l'altro e nero, fatastici. Dai scegli tu prima quale lo voi?

- Io preferirei quello bianco: - disse Elizabeth. - E io mi accontento di quello nero: - disse Maik.

Ecco iniziano i primi esercizi con il loro istruttore. Tutti due sopra i cavalli si divertono come dei bambini. Lei corre prima e lui come un principe azzurro corre dietro. La raggiunge e con una dolcezza immensa le sta dicendo al orechio:

"Mi hai regalato anche oggi una bellissima giornata, stupenda"- e la bacia con grande delicatezza, come un segno di ringraziamento.

- Mi sento come in una favola, io non vorrei tornare , vorrei restare con te per tutta la vita. Siii è incredibile, quasi mai sentire da una persona come

me una cosa del genere, però te lo dico:- "ti aspetterò sempre, spero che tu resterai con me."

- Basta Maik, non dire cagate,- e ha fatto un spintone al cavallo.

- Cosa ho detto io di male? Eii aspettami!

È molto vergonosa in questi discorsi lei. La giornata è finita, tornano in albergo, sono di una stancheza enorme, però molto felici. Elizabeth si fa la doccia in fretta per andare a cena, ma quale cena, non è posibile, Maik desidera fare l'amore. Accarezze e baci, belle parole e ringraziamenti per questa giornata piena di gioia e felicità che lei ha creato per loro. Sembrava che non sarebbero più usciti, finalmente pronti. Elegantissimi. Dopo la cena sono andati per vedere le stelle. Chi sa magari vedono la stella del "DESTINO".

- È stata molto bella anchè la cena amore mio:- e Maik la stringe tra le braccia. La giornata è andata benissimo, però non mi hai raccontato niente del tuo lavoro.

- È noioso tesoro mio, sempre devo ascoltare le storie e i problemi degli altri, e dare consigli giusti . Persone malate con la depressione e psichica rovinata. Non c'è nulla di bello da raccontare.

Meglio di non ricordarci – adice Eliz.

- Però sono convinto che sei una brava professionista anche qui.

- O Maik, certo lo faccio con la passione perchè mi piace aiutare le persone. Sai? Adesso sto pensando ad un'altra passione che sei tu.

- Piccola mia a che cosa stai pensando?

- Maik e rimasto un giorno e te ne vai, chi sa quando ti vedrò, io di sicuro non potrei venire da te, e tu sei impegniato con il lavoro.

- E allora chi sa?

- Elizabeth non preoccuparti, troveremo qualche soluzione cara mia, vedrai. Tu sei molto spiritosa , tranquila.

- Mi è venuta una ideia Maik. Domani rimarremo per tutto il giorno in albergo, credo che tu penserai a qualcosa, anche senza uscire.

- Mmm saremo uno per l'altro tutto il giorno, vero amore? D'accordo cara mia
hai ragione – e la bacia con una grande
delicatezza.

- Maik tu mi ami davero? – ha chesto lei.

- Non lo so come dire Elizabeth, però una cosa ho qui che non posso respirare. Non trovo le parole per descrivere. E tuo marito , lui te dice lo stese cosi come io, o di più?

 Elizabeth ha cambiato faccia, quando le ha chiesto del suo marito.

- Non parliamo di mio marito, non chiedermi niente di mia famiglia. Ti prego: - risponde Elizabeth spaventata.

- Perche? Niente di male, solo per curiosita.

- No-no Maik non parliamo.

- Ti agredisce, ti maltrata? Dimmi tutto! Che bastardo!

- Maik non ho detto questo, cambiamo argomento. Ok, ci penso io per domani_una sorpresina, ti farò un viaggo nella mente prima di andare via, in un mondo pazzesco. Sarà il paradiso.

- Davvero? – chiede Maik incuriosito.

- Si- Si : - risponde Elizabeth.

- Elizabeth, questi sono i giorni più felici della mia vita.

- Anche i mei , ogni volta che penso mi sembra una favola:
dice lei.

- Allora rimane il fatto che ci penso quando arrivi tu da me:
dice Maik sorridendo. Devo preparare anch'io qualcosa di
sfizioso per te. Già lo so dove ti porterò ti farò anch'io
divertire in un mondo diverso dal tuo. Più contemporaneo.

- Ok, allora aspetto l'invito. Noou scherzo, dai, come farò a
venire da te , c'e la mia famiglia. Non credo proprio. Va bene
vediamo, eeh.

La serata è passata benissimo, di nuovo sono con la barca
sotto le stelle tutto in un ambito molto romantico. Dopo di
che stanno passegiando le belle strade di Venezia. Non sono
ancora arrivati in albergo, inizia una pioggia. Si sono bagnati,
Elizabeth correva e gridava: "Forza Maik." Invece lui la
ammirava come lei correva sotto la pioggia in un abitino
leggero di setta, era uno spettacolo incredibile solo guardarli.
Inizia anche lui a correre dietro a lei. Si sta avvicinando, la
prende con la forza dalle braccia e li da tanti baci, toccandola
da per tutto: collo, capelli, seno.

- Sei bellissima Eliz anche cosi bagnata. O DIO mio, tu mi
stai rovinando cara. Non c'è la faccio più.

Lo dice con una dolcezza che non resisterà nessuna donna.
Il suo sguardo che taglia il ghiaccio, e le sue labbra carnose,
la bacciano da per tutto. La prende in braccio e si sede in
mezzo alla strada e cotinuanono a baciarsi con un calore
incredibile. La pioggia non si ferma, si alzano e corrono
nell'albergo. Sono entrati in camera continuando a fare
l'amore. Si mangiano con gli occhi, le loro labbra non si
fermano mai di baciarsi. Ogni loro tocco ti fanno venire i
brividi. Un amore da invidiare. Pian-pianino lui si ferma è
con lo sguardo la segue. Le stesse cose succedono nei ultimi
giorni, che li faceva un po di tristezza. Già con il pensiero
alle valigie. Però il gusto di fare l' amore era presente per

tutte due. La meravigliosa notte indimenticabile è passata. Al mattino quelli due se salutano e si regalono dei sorisini.

- Ciao amore mio!
- Ciao Elizabeth! Andiamo fare colazione
- Ok, d'accordo. E poi andiamo fare lo shopping.
- Ok , e dopo torniamo veloce perche voglio restare con te .

Dopo colazione al bar eccoli girano tutti i butic. Hanno fatto lo shopping e sono molto contenti. Sono tornati nell albergo. Maik sta sdraiato nel letto perchè si è stancato. Elizabeth chiede a Maik se vuole ordinare il pranzo nella camera perchè non desidera di uscire. Maik è d'accordo. – Amore dopo 40 minuti mangiamo, nel frattempo mettiamo le cose al suo posto, domani partenza; disse Maik con la tristezza. Nooo, non ho voglia, veni qua vicino a me; e la prende al volo.

Elizabeth aveva una bella sciarpa di seta al collo, e lui gliela strappata. Avicinandosi a lei con i baci più sensibili che esistono. Lei impazziva quando Maik la baciava, diventava una demonica. Maik ha messo quella sciarpa al suo collo, invece Elizabeth la tirava indietro, lui quasi quasi e smetteva di respirare, però la baciava lo stesso con delicatezza. Ha iniziato un gioco con quella sciarpa, un po pericoloso. Intanto intanto Elizabeth lasciava la sciarpa un po libera solo per un atimo. Maik aveva sensazioni che adesso lo strangola, però era cosi piacevole questo gioco che erà indifgerente cosa accadrà, si fidava comunque di lei. Si amavano come forse ultima volta nella loro vita. Incredibile erano finiti di forza.

- Dai faciamo una doccia, poi deve arrivare il pranzo, dopo saremo occupati, abbiamo tanto da fare; sorride lei e lo guarda con un sguardo speciale.
- Hai ragione – disse Maik. Passiamo un pomerigio speciale, ok.
- Tutto quello che vuoi tesoro mio; rispose Elizabeth.

Veramente hanno passato un pomerigio diverso degli altri, come due bambini, che sono caduti nell'infanzia, erano davero speciali. Hanno girato le belle stradelle piene di acqua, poi sono stati nell parco a fare un riposino sul bel prato, proprio una meraviglia. Quasi che arriva il tramonto. Pensano dove andare a fare la cena per poi dopo andare presto nell'albergo, comunque si devono alzare al mattino presto, domani la partenza. Ognuno va per la propria strada , tornano cosi detta, alla normalita che c'era prima. Dopo che hanno cenato solita passeggiata fino all' albergo.

- Finalmente siamo nell'albergo, sono molto stanca faccio una doccia e mi butto nell letto.

- Anch'io farei la stessa cosa amore mio, già mi sto adormentando.

- Non adormentarti, io faccio veloci - lo dice con ironia Elizabeth. Eccomi qui , ooh, non adormentarti vai a rinfrescarti.

- Sii, hai ragione vado; dopo cinque minuti e tornato. Davero mi sono rinfrescato sai, sto meglio. Adesso credo che farò una bella dormita. Buona Notte principessa mia. Non mi posso immaginare che domani mattina presto dobbiamo essere già in volo.

- Ed io non mi posso immaginare che questa storia domani finisce qui, e no mi viene da credere Maik che tutto questo che è successo è successo proprio con me – disse con tristeza Elizabeth.

E cosi iniziano a chiacchierare fare altri piani quando Elizabeth potrebbe visitare SUA al più presto possibile senza accorgersi che già si hanno detto "Buona Notte". Quando se ne sono accorti erano le 03.00; cosi decidono di non dormire , di godersi le ultime ore che sono insieme e di non perdere le ultime goccie di felicità. Tutta la notte hanno parlato di come hanno passato questa bella vacanza insieme, come si sono divertiti , che giorni meravigliosi e pieni di felicita hanno passato insieme, quanta gioia è stata fra di loro. In questi momenti sereni dalla loro vita, in questo grande segreto che ha Elizabet nel suo cuore pensava: "Ma sono io questa donna in tutta questa storia? Non ci credo, no, non vorrei pensare ad altre cose adesso, come sarà-sarà"- facendo un grande profondo respiro.

È mattino si alzano al volo , chiamano il taxi, portano le valigie è una confusione totale sono di fretta per la paura di non perdere l'aereo.

- Elizabeth amore facciamo colazione in aereoporto sei d'accordo?

- Si si, certo infatti non c'è tempo adesso per colazione Maik.

 Son partiti , arrivano in aereoporto, fanno tutte le cose che di solito si fanno prima del volo. Eccoli già che sono passati in sala d'attesa, seduti a un tavolino fanno colazione. Non parlano niente, finalmente una frase.

-Non andare: disse molto triste Elizabeth. Mi mancherai tanto, all'inizio pensavo che faccio un grosso sbaglio, però non ho sbagliato.

- Devo andare piccola. Non finisce cosi. A presto tu verrai da me, te lo prometto.

Fidati, ok, adesso devo andare.

 Lui si alza la abbraccia, prende la valigia e se ne va. Lei si è emozionata molto ed inizia a piangere.

- Maik! – e lui si ferma. Non sparire, ok, ci ritroveremo come prima sul WEB.

- Certo Eliz, ormai la mia vita e diventata dipendente della tua. Sei come una droga per me, per questo che sono qui, per questo ho voluto averti vicino anch'io volevo capire se è uno sbaglio oppure no. In realtà ho concluso che non e uno sbaglio affatto, sei il mio presente è il mio futuro. Non vorei pensare che in una giornata non farai più parte della mia vita, fidati.

Lui fa qualche passo e guarda indietro Eliz cosi come li piaceva a lui chiamarla, la guardò mentre lui se ne alontanò con le lacrime agli occhi. Vedendo tutta questa scena commuovente lascia la valigia e corre da lei la prende e gira con lei in braccio e grida con tutta la forza: "TI AMO". Tutti che erano intorno se ne accorgono e iniziano ad applaudire. Maik la bacia di nuovo, per l'ultima volta e se ne va. Quando la figura di Maik non si vedeva più se ne andata anche Elizabeth.

Finalmente tornata acasa, erà tutto come prima . L'aspettavano con il tavolo apparecchiato, e tanti tanti baci. Suo figlio saltò in braccio dicedo; -penssavo che non arrivi più, la settimana più lunga della mia vita.

- Ma come non arrivo più? Eccomi qui,
sono acasa, il lavoro e finito adesso sono con voi.

- Cara mia come stai , tutto bene?- ha chiesto suo marito.

- Sono molto molto stanca, però, va - bene e una cosa normale.

- Sbrighiamoci la cena e pronta, tutti a
tavola! – dice suo marito.

- Io non ho tanta fame, assaggio un pò per farvi compagnia – dice Elizabeth.

Buon apetito a tutti!!! Mmm che buono avete preparato una cena deliziosa. Grazie!

- Papà lui è stato il "cuoco".

- Dai, lasciamo stare tutte due abbiamo preparato : -si difende papà.

Loro scherzavano ridevono però, Elizabeth erà molto lontana con il pensiero, aveva una tristezza nel cuore, un guasto. Comunque capiva che adesso e il momento di stare in famiglia e passera tutta questa debolezza. Dopo la cena suo marito aveva voglia di fare due chiacchere.

Invece Elizabeth non era ancora presente nella famiglia, ha trovato la scusa che è molto stanca, infatti era con il pensiero a Maik.

-Raccontami un po come è andata, Il lavoro tutto ok, è bella Venezia?

- Sii molto bella! Ti racconto domani di più, adesso vorrei buttarmi in letto, sono stanchisima vorrei dormire presto.

Anche se sapeva che non e cosi, comunque non aveva voglia di raccontare niente, e poi dopo questa esperienza vissuta che li stava cambiando la vita e non si sa per bene o per male. Eliz era confusa, però si rendeva felice, ma li spiaceva anche per la famiglia. Per il passo che ha fatto si sentiva in colpa. E perchè? Cos'è che non bastava nella sua famiglia? E da tanti anni che erano insieme a suo marito, molto felici sembravano, poi hanno avuto un figlio, ormai è grande ha 17 anni. Cos'è che non ha funzionato e perchè ha fatto questo passo? Molto strano nel suo modo di essere, lei e una donna molto seria, dedicata tutta per lavoro e famiglia. Ultimamente non andava tanto d'acordo con suo marito, ma perchè lui non la aprezzava come persona, non aprezzava il lavoro che faceva, la sua passione per l'arte, comunque le piaceva e sviluppava di più le sue passioni. Ma come si fa ad andare avanti con una persona come questa ? Quando tu stai lavorando e lui viene a disturbarti e non ti permette di stare in silenzio, leggere un libro, scrivere un riassunto, fare un proggetto, che ti serve al lavoro dicendoti: "Che tutto quello che fai è un schifo, non sarai mai una personalità! Sei una ignorante non ti basta il cervello per fare qualcosa in_più!" Queste frasi la facevano più forte, Le davano più energia per andare avanti, ma le faceva anche molto male nel cuore. Tutto questo girava nella testa di Elizabeth. Alla fine lei sia ha detto: "Come sarà – sarà. No, non posso camminare nella vita come una etichetta per accontentare gli altri, sono fatta di carne e d'ossa, ho un cuore che lo devo seguire, altrimenti non so come fare". Sta con la preoccupazione aspettando che Maik scriverà un messaggio appena arrivato, per sapere come era andata. Eccolo il messaggio era arrivato :

"Ciao, sono arrivato ,tutto ok, sto bene,
vorrei riposarmi un po.
Ci sentiamo.
Ciao Eliz.
Domani inizia il lavoro con i pazienti, con i malati...
Dopo questa vacanzina eccola arrivata in clinica, il primo giorno di lavoro inizia.
-Buon giorno Dott-sa!
-Buon giorno si accomodi.
-La trovo molto cambiata, fresca più serena. (paziente)
-Grazie! Allora continuiamo il nostro discorso. Come sta lei?
-C'è quolcosa che mi vuole dire?
Il discorso continua. Elizabeth intanto guarda il telefono. Ce un messaggio che arrivato.
Maik - *"Ciao amore. Come stai?*
Eliz - *"Ciao,bene! Sto lavorando con i pazienti. Ci sentiamo più tardi. Ok?"*
Maik - *" Ok. A più tardi Eliz!"*
E cosi giorno dopo giorno, settimana dopo settimana passano i mesi e quelli due vivono grandi emozioni virtuali. E con tutti giorni che hanno passato insieme. Quanto bello è stato.
Ogni giorno Elizabeth di corsa; famiglia, casa, lavoro, corsi.
In vece Maik più libero; lavoro, amici e mondo virtuale, casa mai.
Ultimamente l'esperienza di emozioni virtuali che stanno provando li fa impazzire a tutte due. A volte arrivando acasa Maik sta impazzendo di tristezza che ha, unica cosa che lo

può fare più sereno il mondo dell'internet che può guadare diverse cose, per ore guarda le foto di Elizabeth e passa il tempo. Lui sta pensando: "Ma e possibile che non posso controlarmi le mie emozioni, i miei sentimenti? Che casino? Sto impazzendo! Sono innamorato di questa donna oppure è un gioco, come l'abbiamo iniziato? Non può essere che sono ridotto in questa maniera sono proprio rovinato, ma non è una passione non credo per quello che provo e sento. Anzi non ho mai provato prima, sono sentimenti fortissimi e credo che sono innamorato."

Sono passati più di sei mesi dall momento che loro si erano incontrati. Tutti due hanno li stessi sentimenti che sono osservati anche dagli altri i loro cambiamenti. Ad esempio marito di Elizabeth la trova molto strana e li ha consigliato di andare dalla sua amica, che anche lei è una brava psicologa e magari le consiglia qualcosa di fare con queste stranezze. Elizabeth non vuole nemmeno sentire, perchè in realtà lei lo sa qual'è il motivo. Anche suo figlio la trova cambiata e strana. Tutta questa idea di suo marito a purtato a un litigio fra loro due.

... Come? Io che vado dalla mia amica chiederle consigli? Ma per che cosa consigli, sentiamo? Non voglio perdere nemmeno il tempo per ascoltare.

- Mi passate proprio per una pazza? Come vi permettete? Basta con queste repliche!

- Mamma, ascolta; davvero ti trovo molto cambiata ultimamente, anzi dopo di che sei tornata dal tuo lavoro in Venezia.

- Eèh, come? – e prova di nascondere il cellulare che scriveva qulcosa in questo momento.

- Mamma mi senti, cosa fai stai scrivendo i messaggi? Con chi ti scrivi mamma?

- Niente, con nessuno, e per lavoro amore. E tu, come stai? Quando hai le prossime gare, mi raccomando solo il primo posto acceto – ride.

- Dai mamma, non terrorizzarmi.

Elizabeth uscì lasciando Leonardo nella sua stanza e anche il cellulare. In questo momento arriva un'altro messaggio. Leonardo vede da chi arriva e che cosa c'è scritto. Rimane come un marmo senza parole. Elizabeth entra nella stanza, suo figlio la guardò meravigliato.

- Mamma? Adesso ho capito il tuo cambiamento e questa stranezza che hai. Tu sei inamorata mamma?

- Shshsh, cosa stai dicendo Leo? Non e vero, non dire cose stupide.

- Ho visto il messaggio, è arrivato mentre tu uscivi.

- Hai guardato il mio cellulare?

- No no, ero proprio li quando e arrivato. Mamma dimmi la verita che ti succede? Dai dimmi tutto!

Elizabeth si sede al suo posto preferito, non sa che dire, e un disastro si sta tocando gli'occhi, poi si pulisce gli occhiali, il mondo sta crollando.

- Senti Leo, qualsiasi cosa accadrà tu devi sapere che io ti amo da morire e sono pronta a darmi la mia vita per te se sarà bisogno. Mi devi perdonare.

- Dai mamma, dimmelo una volta.

- È vero sono inamorata.

- Come ti è successo?

- Non so nemeno io come è successo. Però... Non dire a nessuno ti prego, non dire a papà perché se no mi ammazza.

- Eh già. Stai tranquilla mamma, calmati, non lo dico a nessuno. Sarà il nostro segreto, tranquilla. Hai tutto il diritto di innamorarti e poi questo è un sentimento che non lo puoi dirigere. Riguardante papà non funziona qualcosa tra di voi da tanto tempo, dunque è colpa anche sua. Non c'è niente da fare. Quindi non pensare a lui adesso. Parla con me raccontami come e nato quest'amore? Io sono felicissimo che tu abbia fatto questo.

-Davvero? Io sono in imbarazzo, non ho mai pensato di fare una cosa del genere è accaduto al improviso tutto. Non mi sono controllata l'emozioni e mi sono lasciata andare.

- Che bello mamma sentirti, sei come una ragazzina.

- Non dire cosi che mi metti in imbarazzo di più. Però è una persona speciale ed è riuscito a farmi innamorare. Mi sento molto felice , leggera, mi sento un uccellino che vola in alto, capisci. Però, c'è sempre un però.

- Cos'è?

- E troppo giovane, quando penso... mi viene da piangere.

- Perché?

- Poteva essere mio figlio.

- Noo cosa? Ha la mia èta?

- No-no, ci mancherebbe mettermi anchè con i minorenni. Un po' di più.

Ha 23 anni.

-Eh già. Ma tu sei felice? Andate d'accordo? Questa cosa è veramente forte.

- Per favore tieni questo segreto è uno sbaglio lo so. Ho provato di sbarazzarmi, sai sono una psicologa a tutti do i consigli, a me non sono riuscita. Non mi posso gestire, il cuore è qui che comanda.

- Stai tranquilla. Hai fatto tutto giusto,

guarda che sono dalla tua parte. Voi con papà non andate d'accordo da tanto so benissimo che sei stata con lui per il mio bene. Non dovevi sacrificarti cosi tanto. Comunque io ti ringrazio. Adesso io dovreì aiutare a te.

- Grazie, grazie figlio mio, vieni, vieni che ti abbraccio.

- Di che cosa grazie mamma?

- Per il fatto che non sei arabbiato con me, perchè mi capisci.

- Mamma siamo nell XXI-esimo sec. Nell' anno 2014 è finita l'epoca dei sacrifici
ognuno si deve vivere la sua vita come crede che sia giusto, come è meglio, non pensare cosa dicono gli altri.
- Si, ma non è giusto nemmeno rovinare la vita degli altri.
- Ma che rovinare, e poi lui se l'ha fatta cosi. Noioso ultimamente non è possibile "rompe le palle" a tutti, dai forza, su.
- Allora, non parlare cosi è tuo padre, abbi rispetto e pazienza.
- Non preoccuparti per ciò, mi ricordo benissimo chi è lui per me.
- Dunque, lasciamo stare come vi siete cunosciuti, dai raccontami!
- Ee, e proprio come hai detto tu, XXI- sec. È il secolo dell'internet e ha fatto un gesto al telefonino.
- Aaha e basta, ma vi siete visti?
- Sii una volta.
- Solo una volta?
- Sii è molto lontano da qui, abita in un'altro paese, negli Stati Uniti.
- Ma dai, non ci credo proprio, e quando che vi siete visti? Aspe indovino io. Non riesci, sempre sei al lavoro, i tuoi corsi di teatro, corsi d'inglese di corsa sei sempre da per tutto, quandooo?
- Quando sono andata per lavoro per una settimana a Venezia.
- Aa, eccooo, allora,... come è andata?
- Bene, direì benissimo.
- Mammina sono molto contento per te. Quando hai voglia e bisogno di parlare, chiamami sarò il tuo psicologo. Ha-ha-ha.
-Tu lo sei già, guarda quante domande mi hai fatto, anche ad un processo in tribunale le fanno meno di te.

- A sii?

- Sto scherzando. Ok, e tu come va?

- Io sto bene per adesso, penso solo per i progeti del futuro, e le gare per il nuoto. Io con il mio amore mi sono lasciato.

- E perchè?

- Non ho tempo per lei, mi impegno di più per lo sport, per gli studi e lei sempre è arabbiata che poco tempo passo con lei, abbiamo deciso di lasciarci e ognuno è libero di fare quello che li pare, appunto.

- Mi spiace tanto che è andata cosi figlio mio.

- Niente dai, un'altra volta parliamo mammina. Un bacione, fai la brava. Buonanotte.

Per adesso era un po calma, siccome le hanno tolto una grandissima pietra dal cuore era più libera mentalmente. Nuovi messaggi arrivano al cellulare di Elizabeth. Anchè dall'altra parte del mondo si soffre molto. Elizabeth sta rispondendo ai messaggi di Maik .

Maik - *"Ciao amore. Perchè non mi hai risposto subito sono preocupato. Tutto bene?"*

Eliz - *"No, no proprio , mio figlio ha visto per caso i tuoi messaggi. Ero occupata con lui."*

Maik - *"Oh my God. Come è successo?"*

Eliz - *"Non lo so."*

Maik - *"Eee, allora?"*

Eliz - *"E allora niente, ho spiegato tutto come è successo, mi ha capito. Ho un figlio che mi capisce."*

Maik - *"Meno male che è andata bene, a volte i figli sono gelosi. Io sono stato un figlio geloso, molto geloso. Ma quello era un pezzo di merda. Eliz ascolta,ho pensato di prendere qualche settimana di vacanza faccio delle prenotazioni ti voglio con* ***me."***

Eliz - *" Ma sei matto, non sei vicino*

come facio a venire da te?"
Maik - *"Lo so, lo so, è tutto preparato, solo devi accettare."*
Eliz - *"Mi fai impazzire tu. Ok, dimmi tutto, vai! :)))"*
Maik - *"Io ti mando un invito a un congres dei psicologi più famosi del mondo, basta che accetti tu veni senza problemi, è un idea geniale."*
Eliz - *" E una cosa troppo esagerata. Devo pensare è una cosa seria non mi sembra giusto."*
Maik - *"Pensa bene, però non accetto riffiuto, io ti voglio qui, anche per sempre da parte mia. Troppe cose sono succese, io non mi posso controllare come prima, ho paura di me." Penso tropo a te, alla nostra relazione. Aspetto la tua risposta fra un'oretta."*
Eliz - *"Nou, sei matto, che cosa dici? C'è troppo da fare, non posso cosi subito. Magari ti darò la risposta domani, però non ti prometto."*
Maik - *"Però positiva, ok?"*
Eliz - *"Vedremo non so che dire. Ciao."*
Maik - *"Ciao bella mia!"*

Dopo questi messaggi Elizabeth e diventata matta, non sa più niente che cosa fare. Si trova in una confusione totale. Ci vuole e non ci vuole. Avrà bisogno di un consiglio, a chi chiederlo?

molto brutta come situazione, non sai che fare, e con chi parlare. Prova a parlare di nuovo con il proprio figlio. Anchè lui è stato molto sorpreso però non vede niente di male. Anzi;

- Mamma non pensare nemmeno di riffiutare, Vai tranquilla.

- E tu, amore mio, non vorrei lasciarti da solo.

- Mamma sono grande, impara una volta.

- Hai ragione, però sono appena tornata non ho tanta voglia di andare subito.

- Non preoccuparti, sono tutti grandi, papà eppure io.

- Ei già. Però non so come dirlo a papà.
- Ci penso io.
- Tu? Voi dire ... che mamma ha ricevuto un invito negli Stati Uniti per un congresso di psicologi e l'hanno invitata come specialista delle ricerche moderne in domenio. La mamma ha mandato il suo metodo e adesso ufficialmente l'hanno invitata.
- Che ideia geniale mammina sei bravisima !
- A che cosa, a mentire? Per favore, dai che mi fa schifo.
- Basta, basta, inizio io il discorso stasera a cena. Adesso devo andare ho l'allenamento oggi, ci vediamo più tardi. Ciao.

Elizabeth era molto contenta, però anchè triste con tutte queste cose non vere, era veramente terribile per lei, non era il suo modo di fare.

Ma non poteva controllarsi, il cuore diceva di non riffiutare, perchè era il suo destino, la felicita, qualcosa la spingeva, una forza indescrivibile.

Con il cervello giudicava e capiva che non fa bene, però il cuore stava dicendo tutt'altro. Con tutto questo peso è andata sul internet a scrivere un messaggio per Maik.

Eliz – " *Ciao. Arrivo fra due settimane.*"

Maik – " *Ciao. Davvero? Non ci credo!*

No mi immaginavo che avresti deciso cosi veloce."

Eliz -" *Ok adesso lo sai. Ciao a dopo.*"

Capitolo III

VIAGGIO NEGLI SUA

È arivato il momento di cena. Elizabeth
ha prearato una cena deliziosa. Tutti
seduti a tavola, fano i complimenti ad Eliz per la buonissima
cena, ad un certo punto Leonardo decide di parlare.

- Papà abbiamo una bella notizia!
- Veramente ? E qual'è? Qual'è?
- La mamma ha ricevuto un invito dall SUA, di partecipare
ad un congresso dei grandi psicologi fenominali, specialista
contemporanea nelle (nuove) ricerche moderne.
- Aha ecco come?- (risponde con una indifferenza).
Veramente? E allora vuoi andare cara mia?
- Credo di no, non sono convinta che voglio andare.
- E perche?
- Prima che sono appena tornata, questo seminario sarà fra
due settimane, vuoldire che nella clinica non ci sarò quasi
mai, è seconda non vorei lasciarvi per cosi tanto tempo da
soli.
-Ma va! Figurati, noi non siamo neonati, vero figliolo ?
- Si, siamo in grado di arangiarci da soli, secondo me devi
accettare è molto importante per te.
-Anch'io credo che è importante per me, vedi tu - (parla con
indifferenza,
 perchè quando non ce Elizabeth anche lui si diverte molto
bene).
- Ci penso.
- Ma stai scherzando, vai e basta, non poi riffiutare, una
occasione come questa non accade tutti giorni.
- E già, hai ragione!
- È proprio una bella cena e bella notizia si merita di brindare.

41

- Quindi, posso accetare l'invito?
- Certo cara mia, devi è un'oppurtunità
grande per te.
- Anch'io la penso come papà.
- Ok ci penso anch'io. Buon appetito!
- Non c'è da pensare mamma accetta e basta.
 Dopo la cena tutti sono andati nelle loro stanze per prepararsi a dormire, Elizabeth come sempre rimane in cucina fino tardi per mettere tutto apposto si approfitta di mandare un messaggio a Maik.

Eliz – *"Ciao, io vengo siguro."*

Maik – *" Sii, veramente? E dai che bello,*
al mattino vado per prenotare."

Eliz – *"Vai tranquilo eh."*

Maik– *"Dopo ti mando i dettagli."*

Eliz– *"Ok. Buonanotte."*

Maik – *"Anche a te. Ciao amore."*

Eliz – *"Ciao ."*

Dopo qualche giorni Elizabeth tutta in preparazione, era sera, ma ancora stava tribulando, suo figlio la guardava come lei tutta di corsa, parlava da sola:
- I miei pazienti dirano che sono matta, che io avrei bisogno di un psichiatra, devo annullare tutti i appuntamenti che ho prenotato, che disastro, avrannò ragione poverini.
- Mamma cosa stai facendo, parli da sola? Ti prepari già? Ella Madonna come ti trovo felice, da tanto che non ti vedo cosi.
- Sii, un po pazza. Per l'amore si impazzisce sapevi? (parla sotto voce)
- No no, non sapevo.
- Te lo dico io come dottoressa allora.
- Mi fai ridere mamma, ok a più tardi. Devo studiare anche!
- Ok vai- vai.

Sta parlando da sola: "Ero una persona normale, tranquila, ma doveva succedere a me tutto questo, e perché?"

Si sentono dei passi, e suo marito Fabio si avvicina ad Elizabeth.

-Ciao amore! Ti ho sentito parlare.

- Sii c'è un casino, tutto di fretta la prossima settimana parto, ecco.

- Come, cosi veloce?

- Eh già, per questo sto parlando da sola.

- Boh, non è niente di male, veni qua ti do un bacio! Adesso sei più tranquila vero?

- Infatti, basta cosi poco per fare una persona felice.

- Io devo uscire ci vediamo più tardi ok. Devo vedere un amico. Ciao amore!

- Ciao a dopo.

Elizabeth continua a lamentarsi, e parlare da sola:

-Mamma mia, sono più confusa di prima. No-no non prendo niente mi prendo due, tre cosine più importante e basta non ho voglia di preparare la valigia grande, andrà bene anchè cosi. Domani devo andare anche al lavoro, i pazienti poverini, mi devono aspettare.

Al mattino, Elizabeth di volo arriva in clinica, che bella sorpresa. Proprio la aspettava la sua amica è anche colega, dtt-sa Laura Mancini.

- Ciao! Come stai? Ti trovo bene, molto cambiata.

- Ciao! Tutto bene, grazie. Dott-sa come mai qui?

- Elizabeth ti devo chedere un favore. Ho bisogno del tuo aiuto.

- Del mio ??? Cosa poso fare per lei? Mi dica tutto.

- Si tratta di mio figlio. Vorrei che lo conoscessi e fare un discorso con lui, ha bisognio del tuo aiuto. Eliz, solo tu lo puoi aiutare con la tua ,,grande pazienza e prudenza,, perche lui è tremendo se non riesci lui è perso.

- Io? Cosa è succeso? Non ho capito nulla.
- Mio figlio, ha lasciato l'Universita, ha trovato una donna e sta con lei, le voci girano che si droga ogni tanto. Elizabeth hai presente che può succedere? Lui èinamorato!
- Lo capisco: - risponde Eliz.
- Quella donna è più grande di lui, sta rovinando mio figlio.(piange)
- Mmm e se non è cosi. Nel senso che, se davvero lui è innamorato .
- Ma che stai dicendo Eliz? Lui è molto influenzabile e coinvolgente. Questa donna e una che balla LAP DENS in club di notte fa tutto quello che vuole con lui. Tu mi devi aiutare, per favore.
- Dott-sa si calmi, andrà tutto bene. E poi proprio cosi male vanno le cose? Magari si diverte un po, sai che i ragazzi giovani cercano le ragazze più grandi di loro, e sono molto affetuosi alle donne, dopo se ne accorgerà e andrà tutto bene, poi questa è una ballerina , mi immagino deve essere bella. Anzi lui e un uomo ha 25 anni già.
- Elizabeth per favore!
- Ok Dott-sa, senz'altro, però fra qualche giorno parto per lavoro a New York, e per adesso ho prenotato tutto.
- Che bello , cosa farai di la?
- Un congresse per i giovani professionisti in psicologia che si occupano di nuovi metodi da applicare nella prattica.
- Davvero? Non sapevo. Sono proprio contenta per te. E tuo figlio Eliz, marito, tutto bene?
- Sii tutto bene.
- So che tuo marito e di una arroganza enorme, è una persona molto pesante. Scusami se mi permetto, te lo chiesto solo che sei anche la mia amica.
- Ma si, andiamo avanti. Lui si fa il suo lavoro ed io faccio il mio. Cosa devo fare, ho fatto io questa scelta.

- Ok, però mi raccomando, non sacrificarti la vita non vale la pena.
- Allora Elizabeth che mi dici riguardo mio figlio, vorrei che lo vedessi prima che tu parta.
- Laura è un casino , quasi tutti i appuntamenti li sto cancellando non riesco.
- Eliz ti prego, la situazione è critica non è proprio cosi come la pensi, te lo dico come colega non da amica.
- Va bene, ti faccio sapere cosa posso fare per te. Però mi sa che sbagli, lasciamo le cose che vadano da sole, secondo me è giusto cosi.
- No, lui è molto debole, non lo posso vedere in questo stato.
- Dott-sa si fidi di me , facciamo con calma dopo il mio viaggio, la chiamo io, ok?
- D'accordo. Buon viaggio. Dopo mi racconti come è andata.
- Certo, Buona giornata anchè a lei.
 Il tempo è volato, è arrivato il momento di partenza, sono già in aereoporto, accompagnata da suo marito e figlio.
Registrazione..
Si abbracciano e Elizabeth passa avanti. E tutta contenta che sta per volare al suo amore. Pensa a lui e come di nuovo saranno insieme, ma solo dopo sette ore di volo. Sono troppe, ma sono passate veloce.
Elizabeth come sempre piena di panico e molto emozionata finiti tutti i controlli. Elizabeth guarda tutte le parti per vedere Maik è molto agitata perché non lo trova. Lui la sta aspettando e guardò molto attentamente per trovarla, ecco la vista.
- Eliiiz!- e subito corre da lei e la prende in braccio, la bacia da per tutto ed è molto contento.
- Amore ciao! Queste sono per te – tre rose rosse come simbolo d'amore.

- Ciao, oh che belle, Grazie amore come sei gentile. Eccomi qui sono arrivata, di nuovo siamo insieme.

- Non posso credere che sei qui, guarda non ti lascio tornare indietro mai più!

- Che dici? Come non vado? Ho una famiglia un figlio, scherzi?

- Dai che sto scherzando amore! Però sto malissimo senza di te. Andiamo prendiamo un taxi che tra poco è sera, dobbiamo ancora fare tante cose, e tante sorpresine ti aspettano.

- A sii, e che sorprese? Dimmi tutto che cosa stai combinando?

- No no , vedrai sarai contenta fidati.

Eccoli arrivati a casa di Maik, lui vive da solo, in un appartamento grande. Appena sono entrati, la prima sorpresa la aspettava già; le candele, vino e fragole un belisimo aperitivo.

-Benvenuta, sei acasa! Allora questo e per il tuo arrivo!

Maik apre la bottiglia di vino e riempe i bicchieri si danno cin-cin assaggiano, dopo di che si guardono neglli occhi e si danno dei baci. Qui si accende una fiamma d'amore. Non poteva questo aperetivo finire senza belle parole e un amore che ti fa impazzire. Come forse viaggiando nell'amore, e ognuno vuole guidare questo viaggio bellissimo.

-Amore mi sei mancata, non posso più senza te.

-Amore anch'io sto diventando pazza non posso lavorare non sono presente con la mente alla mia famiglia. Sei tu che mi hai occupato il cervello. Maik io ti adoro, ti devo ringraziare che mi hai aperto gli occhi, mi hai fatto sentire di nuovo una donna convinta in se stessa.

-Sei benvenuta in casa mia quando voi tu, se ti decidi, io ti vorrei qui con me.

- No, no cosa stai dicendo? Non pensare cosi lontano, non lo faro maiio non renuncio alla mia famiglia. Non posso tradirli in questo modo mio figlio non mi perdonerà.

-Non è un tradimento questo, e una scelta di vita.

-Oou parli come un psicologo proffessionista. Ma si che è un tradimento, è mio figlio! È un abbandono questo, lui è minorenne ancora da me.

- Ma dai, sicuramente sta correndo detro alle ragazzine è un uomo già.

- Maik, amore non se ne parla di questa cosa, e poi non sono preparata psicologicalmente per una cosa del genere.

- Elii ma io ho detto sei "benvenuta quando voi tu". Non insisto tranquila, calma – sta dando un dolcissimo bacio.

- Maik non pensiamo al peggio, ho capito cosa voi dire, certo se sucederà saprei che il mio angelo custode e vicino a me. Domani vai al lavoro ?

- Stai scherzando? Ho annullato tutto per il tuo arrivo. Al mio lavoro decido io quando smettere , oppure lavorare.

- Che bello, e il tuo capo cosa dice?

- Niente, sono io il capo.

- Eee addirittura?

- Ok. Propongo di uscire e fare una passeggiata ti faccio vedere la città. Cosa dici?

- D'accordo. Vado a prepararmi.

Dopo un po' eccola pronta. Maik la guarda meravigliato. Non si puo togliere lo sguardo.

-Sei stupenda amore mio. Delle donne ho visto tante, ma tu sei diversa, magnifica, dolcisima, fantastica.

-Daaai con i complimenti, mi metti in imbarazzo.

-Beh fin adesso ho fatto una vita diversa, talmente diversa, come una principessa, non sono molto abituata.

-Andiamo, vedrai come è bello a New York tutto moderno, di antico nulla.

Usciti di casa Elizabeth guarda a destra e sinistra meravigliandosi dei altissimi palazzi fatti di vetro.

-Dove mi porti, dimmi qualcosa! Sono tutta curiosa.

-Vorrei iniziare con un posto speciale che passo molto tempo qua; quando sto male, quando mi manchi e quando quolcosa non va.

- Maik, ma tu no mi parli degli amici, dei famigliari, niente.

- Non adesso per me è un tema pesante.

- A si? Tu non hai dimenticato che io sono una psicologa, possiamo fare un percorso. Magari sarò utile come proffessionista.

- Ok prometto che ne parleremo anche di questo, adesso mi dai un bacio. Ecco siamo arrivati.

- E un parco questo? Che grandissimo! Che meraviglia, guarda che grandissime fontane, fantastico! E tu veni qui quando stai male per passare il tempo?

- Esatto, qui mi sento bene anche se dentro sto male, mi ricordo il mio passato.

-Tu hai un giallo nel tuo cuore, io ti vedo, non vorei insistere, però se ti senti di parlare dimmi tutto, ti sentirai meglio ti assicuro.

- Certo, come faccio a nascondere qualcosa con una come te? Impossibile e tuo domenio, hai scoperto subito che ho quolcosa dentro di me.

- Maik io non vorrei disturbare la tua anima adesso e fare la psicologa proprio qui, preferisco non toccare il mio lavoro. Però se voi dirmi quolcosa che ti farà stare bene sono pronta ad ascoltarti.

- Hai ragione, tu dovresti sapere di più su di me, ed inizierei con la mia personalità.

Io sono un ragazzo un po' stronzo non sono stato mai serio con nessuno, neanche con gli amici. Le ragazze le cambiavo tutte dopo un giorno. L'amore vero non lo mai avuto, mai, solo sesso per un giorno e basta. Sono in bei rapporti con tutte le ragazze che subito mettevo d'accordo questa cosa. Solo con l'ultima ragazza siamo stati un mese insieme per provare questa esperienza, non avevo nessun sentimento per lei, nulla. Però non ha funzionato appena ho cunosciuto te lei mi ha scoperta e se ne andata. Io sono solo in questo mondo non ho nessuno, non ho una famiglia. La mia madre è mancata quando avevo quasi 18 anni, un padre non lo mai avuto neanche cunosciuto. Mia madre non preferiva parlare di lui, diceva che è morto, ma so che non era così, si vede che la fatta soffrire ed io poi non li chiedevo nulla per non farla stare male. Mi ha cresciuto con tanti sacrifici, lei era una cantante. Mia madre aveva una voce di miele, cantava da DIO. Però non è andata nemmeno qui bene, di nuovo ha icontrato la persona sbagliata, non giusta per lei, che l'ha fatta finire male.

- Cosa voi dire" finire male"?

- Si drogava mia madre, il suo compagno era uno spacciatore che l'ha abituata con la droga. Lei soffriva di depressione e cosi ha trovato la tranquillità, il lavoro era un suo problema. Sai come è nella vita dei artisti ci sono dei momenti che non sono tanto richiesti perchè in questo mondo dei artisti sempre arrivano nuove voci, nuove stelle più giovani, più richieste; alla fine è un mercato tutto questo. Lei non è stata in grado di capire tutto questo, si è sentita abbandonata dagli amici produttori, impresari, coleghi, ecc...

E ha trovato la felicità – la droga! È finita per sopradosaggio. Quando io ho saputo era tardi, mi hanno telefonato per farmi sapere che lei non e in vita già. Mi è caduto il mondo addosso. Mia mamma era una persona molto talentata scriveva da sola la musica e le propri canzoni, anchè per gli altri, ad un certo punto la sua arte non è stata aprezzata, e il suo orgoglio non è riuscito ad accettare tutto questo. Ho sofferto tanto e anche adesso, per questo motivo non sono stato mai serio con le ragazze. Cosi ho deciso per la paura di non dare speranze a qualcuno e farle soffrire, ho pensato che meglio se vada cosi. Ho capito che non devo aspettare da nessuno niente, che mi devo aiutare da solo. Mi sono laureato in finanza ho una passione per le macchine sportive, anche adesso sto frequentando una scuderia per le corse sportive. Lavoro da piccolo, poi sono andato a studiare e da qui mia mamma era rimasta da sola con quel bastardo che la fatta finire. Di parenti io non ho mai sentito parlare da mia madre no mi ha mai parlato di loro non so se anche esistono. Adesso sono un'altra persona grazie a te sono cambiato. Ho imparato altre cose che hanno più valore nella vita. Con te tutto è diverso, questi sentimenti che sento non li ho mai provati, per questo non vorrei perderti. Una persona a me molto cara l'ho persa già, poi ho un amico invalido e mi sento in colpa di quello che è sucesso.

- Perchè, che sucesso?

- Tornavamo dalla disco e lui si è messo a guidare ubriaco. Abbiamo avuto un incidente stradale lui dopo questo non può camminare più. È rimasto in carozzina.

- E la tua colpa qual'è?

- Non dovevo lasciarlo guidare, io non ero ubriaco. Infatti gliel'ho detto, ma lui ha riffiutato, dovevo insistere prendere un taxi, almeno dovevo guidare io. Vivo con questo peso: ho perso la madre per uno stronzo e l'amico per delle cazzate.

- Beh il tuo amico e vivo dovresto essere più tranquilo di non incolparti.

- Però non cammina più !!!

- Calmati non ti agitare, sono d'accordo con te.

- Grazie Elizabeth!

- Ma tu devi capire che è una cosa per sempre, per tutta la tua vita, magari non sarò sempre vicino a te. Però tu devi sapere che nella vita sono delle scelte e noi siamo quelli che le facciamo. Quando tutto va bene noi non ci lamentiamo mai, ma quando qualcosa male cerchiamo colpevoli. Dobbiamo essere consapevoli di quello che decidiamo di fare. Non dimenticare mai questa frase che ti ho detto adesso.

- Grazie Eliz. Non so come ringraziarti tu mi hai cambiato tutto dentro di me. Quanto vorrei che tu potessi vedere cosa si fa nel mio cuore. Non ho parole per descrivere. Sai che sono più tranquilo, mi sento siccome è uscito fuori qualcosa dentro di me.

- Maik se mi vuoi raccontare ancora qualcosa sono tutta tua, se no possiamo cambiare il discorso.

- Sai perchè ti ho portato in questo posto?

- No, magari è il più bello?

- Non per questo, e l'unica cosa bella che mi ricorda di mia madre, quando erò piccolo mi portava qui mia mamma. Mi piaceva molto stare qui, lei si sedeva a leggere un libro ed io correvo da per tutto.

- Infatti si vede che questo posto e molto caro per te.

- Allora andiamo a vedere tutto il parco.

Elizabeth si alza e sta andando verso delle fontane, Maik viene da dietro si avvicinano ad una fontana si guardano e si spruzzano con l'acqua, come dei bimbi dopo il che finiscono di correre, lei scivola e cade per terra lui le cade addosso. In questa caduta accade anche un bacio dolcissimo.

- Maik non ti sembra che è tardi, voi restare ancora un po?

- No amore mio, dobbiamo andare quasi è ora di cena.

- Dove mangiamo Maik stasera?

- Non ho deciso ancora.

- Elli dimi ti è piaciuto stare qui?

- Certo è un posto meraviglioso, e poi che hai tanti ricordi, e ti fa bene stare qui, in sto posto giusto.

- Ecco siamo arrivati, questo è un ristorante che mi piace molto con gli amici a mangiar qui.

- Penso che anche qui deve essere un posto meraviglioso.

Appena entrati hanno incontrato una amica di Maik.

- Ciao Maik! Come stai, non ci siamo visti da un bel po?

- Ciao, come stai?

- Bene tu? Perchè non mi chiami più? Questa è tua madre?

- Questa...

- Sono sua madre, che ce di male?

- No no sta scherzando! Elizabeth questa è Mery una mia amica.

- Mery qualche giorno vi invito a casa mia tutti gli amici e vi presento la mia fidanzata. Faremo una bella festa ok. Ciao Mery.

- Ciao Maik, ciao Elizabeth. Aspetto l'invito, a presto!

- Elizabeth spero che non ti sei offesa e una mia amica, Mery e cosi un po inpazzita, però come persona è brava, ha un grande cuore.

- Non preocuparti. Sarò molto felice di conoscerti i tuoi amici. Cosa mangiamo?

-Non so ancora decidiamo adesso, vorrei una cena romantica.

-Ah, davvero, non sapevo che sei un romantico: chiede Elizabeth molto meravigliata!

Maik ha risposto con un bel sorrisino e un dolcisimo bacio. Sono seduti a un tavolino, guardono il menu, decidono cosa ordinare. Mentre si aspetta la ordinazione si parla di tutto e di tutti.

-Maik, sai che ho paura che mi presenti ai tuoi amici.

-Perchè? Non avere paura, sono tutti bravissimi e mi vogliono bene.

-Ho paura di essere giudicata, poi io ...

-Eii baby! Che c'è? Tranquilla!

-Ma ti rende conto quanti anni ho io? Ti ricordo 37 anni e tu 23, sai?

Davvero potrei essere tua madre, saro come una stupida davanti ai tuoi amici.

- Miei amici conoscono tutta la storia e lo sanno della tua esistenza nella mia vita. Eppure mi sostengono. Pensavo che ti sarebbe piaciuto farti conoscere ai miei amici, infatti non ho nient'altro: non ho madre, non ho una famiglia, solo un lavoro e amici. Poi hanno l'età diversa, non solo 23 come io, ci sono anche di 35 e di più. Vorrei essere con te sincero di non nasconderti nulla, ma se non sei pronta non faciamo niente solo che ti voglio vedere felice e tranquilla. Ok? Calmati!

- Ok, ho bisognio di tempo di abbituarmi,
perdonami non volevo farti male, mi sono comportata come una stupida.

- Nou che perdono? Io capisco che hai paura, faciamo così, quando tu sei pronta e voi conoscere miei amici fammi sapere. Ellii, sei d'accordo?

- Va bene, daccordo.

- Eccola la nostra cena, sono molto affamato.

- Buon appetito amore ! Mmmm e molto
buono!

- Buon appetito! Ti piace?

- Si molto!

 Fanno un brindisi e si augurono belle parole di bene.

-Eliz non ci credo che sei con me qui!

-Invece si, sono con te, anch'io avevo bisogno di essere con te, e poi non suportavo certe cose. Mi sono sacrificata troppo per mio marito, e la famiglia, ma non ho ricevuto nulla in cambio, al meno poteva sposarmi per mostrarmi il suo rispeto per me è suo figlio.

- Ma tu non sei sposata con lui ???

- Ufficialmente no, sono stata con lui per mio figlio ho voluto che lui abbi un papà. E molto importante la presenza paterna nell'educazione dei bambini.

- Quindi tu sei libera di fare tutto ciò che vuoi?

- In una certa maniera si, però sono stata sempre una moglie fedele ed onesta, poi per me non tanto contava "sposati ufficialmente oppure no". Allora per questo mi sono lasciata andare, come sarà-sarà, non ho la forza già per fare la moglie perfetta e di non essere aprezzata. Basta!!!

-Tutto questo che mi hai detto cambia molto le cose per me in personale. Tuo figlio sa della nostra storia, vero?

- Si lui comosce la storia, per caso ha visto i tuoi messaggi che mi hai mandato. Però è dalla parte della felicita di sua madre, lui è grande le cose le capisce meglio di me, non ha niente contro, anzi.

- Quindi tuo figlio sa della mia esistenza?

- Certo!

- Eliz ti è piaciuto la cena? E molto buona.

- Si buonissima! Allora cosa faciamo ci prepariamo per andare a casa?

- Nou la serata solo inizia, ti porto in un'altro posticino più divertente.

- Davvero?

- Certo! Perchè?

- Come sono contenta! Non sono andata da anni.

- Allora andiamo regina mia!

Hanno pagato la cena e sono usciti perche per loro la sera continua. Dopo di che hanno preso un taxi l'hanno fermato al bulevardo Old Street. Elizabet ha visto questo nome e si è meravigliata.

- Ma come proprio Old Street?

- Hai capito giusto. Perchè chiedi?

- Beh una strada storica, non pensavo che proprio li possiamo andare.

- Proprio di la si sta molto bene, è molto divertente e molto bello neh.

-Interessante. Ok, vediamo! – soride Eliz.

Sono entrati in un locale, qui c'è unamusica fortissima, Elizabeth molto meravigliata sta gridando:

- Oou, ma qui ce un DISCOclub, non mi ricordo l'ultima volta quando sono andata in un posto del genere.

- Amore è il momento giusto di entrare nei ricordi del passato, ci divertiremo un casino!

Iniziano a ballare, si abbracciano, si baciano, ballano in maniera molto erotica. Eliz sia è lasciata andare, ed è contentissima è anche tornata nel passato. Sta guardando Maik addirittura negli occhi dicendo:

- Amore mio ti adoro non so quanto durerà la nostra felicita, ma io ti ringrazio e ti ringrazierò sempre, per questi momenti di gioia che mi stai regalando.

- Non è vero Eliz, io ti devo ringraziare perchè mi hai cambiato la vita.

E questi momenti di felicità li desideroper sempre con te insieme.

No mi stanchero di te mai mai, credimi io non butto parole al vento.

Si avicina un ragazzo per salutarli. E un amico di Maik.

- Ciao Maik!

- Ooou, Ciao Nik! Come stai?

- Io bene! E tu? Questa chi è?

- Questa è Elizabeth, lui e Nik.

- Aha ! Allora, sei arrivata?!

- Si, sono arrivata!

- Eliz, Nik conosce la nostra storia. Lui è quello che mi ha sostenuto molto, Nik è il miglior amico mio. Andiamo a prendere un drink!

- D'accordo, andiamo!

- Due whiskey per favore.

- Allora ragazzi per voi due, Elizabeth per averti conosciuto!

- CIN-CIN.

- Elizabeth voerei dirti una cosa su di Maik, lui è una persona molto strana, però ha un cuore grande. Sai, non tutti lo capiscono.

-Non preocuparti per me Nik, tutto bene- risponde Elizabeth.

- Ragazzi andiamo tutti a ballare!- propone Maik.

Ballano, si divertono, una bellissima serata, finche Eliz non osserva che sono le 03.00 .

- Amore, cosa dici magari è l'ora di andare acasa è tardi sono le 03.00 .

- Baby se voi andare, dai andiamo, salutiamo Nik e via.

- Ciao Nik!

- Ciao Maik! Elizabeth piacere mio. Ciao ci vediamo!

- Maik chiede ad Eliz: " Baby, ti è piaciuta la serata?"

- Molto!

- Domani ti preparo un'altra sorpresa.

- Aa si? Quante sorprese mi prepari amore?

- Ogni giorno una sorpresa! E sempre cosi!

- Ecco sei furbo, mi stai coccolando?

- Si amore, ti sto coccolando, vieni qua! Tu mi fai impazzire, divento matto per te, ti voglio adesso è qui!- Maik la sta baciando:

- Amore sono pazza di te anch'io, ma non qui, dai andiamo acasa.

- Noo, sono cattivo come una bestia, non resisto fino acasa.

Maik e Eliz corrono come dei bambini in ricerca di un posticino più intimo solo per loro due, si baciano con una grande passione. Di nuovo corrono, sono usciti dal locale, si fermano in un angolino dove c'e meno gente e di nuovo si baciono come due pazzi. Maik è pronto per fare l'amore proprio qui , erà come un leone affamato. Arriva un taxi dall improviso, Eliz corre a fermarlo non voleva proprio stare in quell angolino a fare l'amore si rendeva conto che non era una ragazzina, però la voglia erà più grande. E riuscita a fermare il taxi, sono saliti e in qualche minuto già erano a casa. La grande fiamma d'amore si è accesa di più, escono dal taxi baciandossi, entrano nel palazzo baciandossi, baci, baci da per tutto, si sono fermati nelle scale, sembrava cosi vicino la casa, ma adesso e cosi lontana, non arrivono mai, finalmente sono arrivati nel appartamento. Sembrava un rituale, buttavano i vestiti da per tutto, si sono butati anche loro, erano due pazzi uno dopo l'altro . Un amore cosi no non esiste, eè arrivato un silenzio, sono per terra e si guardano negl'occhi, ad un certo punto Elizabeth con una vocina intrerompe con la frase questo bell silenzio:

" SI VIVE per AMORE".

- Ho saputo sempre questo in teoria, ma nella pratica l'ho capito solo adesso.

- Amore io ti amo, ti amo da morire! Non ho mai detto a nessuna donna queste parole, non perchè non volevo , non mi la sentivo dire. Questo non e un sesso e una cosa dentro più forte di me che io non posso controlarla.

- Le stesse cose sucedono anche a me Maik.

- Io mi addormento.

- Noo, dai alzati Maik, vai in letto!

- Non sono in grado.

- Forza dai su!

Alla fine se ne sono andati in letto, si sono adormentati come due cucciolini abbracciati, erano talmente dolci solo guardarli ti faceva tenerezza.

È mattino, si sono svegliati, si salutano, ancora nel letto, parlano di quello che fare in questo bellissimo giorno che è arrivato. Sono felicissimi tutti e due. Maik di nuovo ha pensato di sorprendere Elizabeth con una bella sorpresa.

- Eliz dobiamo prepararci, colazione la facciamo fuori.
- Perchè questa fretta?
- Perche oggi avrai una giornata speciale, ti porto con Harley Davidson e molto lontano da qui.
- Non ci credo mi porti in moto?
- Esatto! In moto!
- E dove andiamo?
- Oggi andiamo visitare Chicago e lago Michigan e altre belle città.
- O dio, ma veramente?
- Dai sbrigati, abbiamo tanta strada da fare.
- Ok- Ok , quasi pronta!

Stanmo uscendo di casa contenti, Maik va in garage a prendere la moto.

Eliz erà molto meravigliata non sapeva che Maik aveva una moto.

- Mamma mia che bella moto!
- Ti piace?
- Molto! No mi hai mai detto che hai una moto.
- Non ci sono stati discorsi, poi adesso come ti facevo la sorpresa?
- Hai ragione. Maik sei stupendo. Ho la sensazione che mi trovo in un'altro mondo.
- Eh già, anch'io!

Il motore rumoroso della moto li da energia di più. Si parte con la grande voglia e urla di felicità. La strada e lunga per questo vanno per qualche giorno. Hanno fatto solo due giorni in moto sulla strada. Hanno visitato dei bellissimi posti. Si

Sono fermati in ogni posto dove lo trovavano bello. Finalmente arrivati al bellissimo lago. Un luogo meraviglioso pieno di misteri.

Eliz insieme a Maik si sono divertiti alla grande. Si sono buttati in acqua facevano dei bei tuffi, salti e tutto che li passavano nella mente. Più bel momento per Elizabeth era stato il tramonto. Una cosa che non la puoi descrivere con le parole. È un momento privato quando la mente si connette con la natura, sensazioni bellissime indimenticabile. È il momento in cui devono andare in albergo a prendere una camera, sono stanchi, ma contenti e pieni di felicità.

- Amore cosa dici? Ti è piaciuto la sorpresa?

- Maik grazie a te veramente è stata una giornata speciale. Tesoro non si vede come sono felice? Non ho mai avuto una avventura cosi bella e fantastica.

- Si si vede, e ti voglio veramente felice, perchè so che sei triste nel cuore.

- Tesoro tu sei stato stupendo ad organizzare questa gita. Non vorrei rovinarla questa giornata con i brutti pensieri.

-Ho solo detto che ti voglio felice. Io ti adoro gioia mia.

- Maik sono triste perchè i giorni volano e dovrà tornare al mio paese, vuoldire in un'altro mondo, in un'altra vita.

- Mmmm non parliamo di questo ok? Preparati dobbiamo andare a cena, voglio che tu fossi stupenda e al altezza come sempre, gioia godiamoci ogni minuto che siamo insieme, non pensiamo che cosa sarà domani.

-Hai ragione godiamoci la *bella vita.*

Sono andati a cena, Maik qui e stato al altezza ha ordinato un piatto che è stato un capolavoro dello chef del ristorante. Maik pensa di sorprendere anche domani Elizabeth, vuole portarla a Las Vegas e Los Angeles, per questo hanno bisogno di prendere l'aereo è molto lontano, devono essere ben riposati. La serata si è conclusa in una maniera elegante, dopo di che hanno deciso andare nell albergo a piedi facendo una passeggiata sotto il cielo stellato. Sono arrivati nel albergo già, hanno una grande stancheza, però sono felici.

- Eliz ti devo dire una cosa.

- Dimmi tutto!

- Domani ti aspeta un'altra sorpresona, ma per questo bisogna alzarsi presto!

- Veramente? E qual'è?

- Domani andiamo visitare città dei innamorati e dei angeli.

- Non posso crederci, sul serio? È lontano da qui.

- Andiamo in aereo.

- Non avrei pensato mai a una cosa del genere. Eliz un po commossa ha preso Maik dalle braccia li da un baccio e lo spinge sul letto dicendo entusiasmata: "Ma io non ho parole , mi hai lasciato a bocca aperta."

- Devo capire che ti piace oppure no?

- Certo che mi piace ! Altro che ! Tu le hai ancora le sorprese?

- Certo che le ho! Però non te le dirò, perchè sono sorprese.

- Eh addirittura, va bene! Allora, presto in letto che domani ci aspetta una giornata lunga. Ho capito giusto?

- Giustissimo! Buonanotte Regina mia e sogni d'oro!

- Buonanotte!

Dopo una notte tranquilla alle sei del mattino già erano in piedi si preparavano per andare all aereoporto. Tutto come in un sogno, sono andati in moto all aereoporto , hanno preso l'aereo arrivati in Los Angeles, hanno affittato una sportcar. Di nuovo albergo, di nuovo divertimenti, spiaggia,mare, ristoranti e disco. Che bellezza non ha mai pensato Eliz che passerà cosi bene la vacanza e poi la "città dei angeli" , questo era tutto. Il secondo giorno li aspetava già l'altra "città dei inamorati" Las Vegas . Questa città è famosa e la chiamano cosi perchè qui tanti giovani scapati da casa sono andati a Las Vegas per sposarsi nascosto. Elizabeth e Maik hanno visitato tutti i belli posti. Quello che li erano piaciuto di più è stato visitare il piu grande Casino di Las Vegas. Dopo di che si sono divertiti anche qui un sacco era il tempo per partire indietro, il quarto giorno di pomerigio sono arrivati a New York. Tutte queste giornate insieme Elizabeth capiva dentro di se che non voleva tornare indietro a casa sua, però, c'è sempre un però, di mezzo c'era suo figlio che lei non dimenticava anche per un minuto .

Arrivati acasa di Maik, Elizabeth lo guarda e dice:

- Sono tornata dal Paradiso! Ma tu fai di tutto il possibile che io non torni più in Italia?

- Proprio cosi, tu sei la mia regina e vorrei farti felice, perchè non la sei.

- È vero, mio figlio non è vicino a me questo mi rende triste, stasera lo chiamo per vedere come sta. Infatti ho una tristezza enorme da anni nel mio cuore che me la tengo.Mi sono sacrificata per tante cose ad esempio la famiglia e per la paura di non essere giudicata, però ho sbagliato dopo. Alla fine la vita è una sola in questo mondo, e non dobbiamo sacrificarla. Però ognuno di noi ha le sue scelte e anch'io ho fatto la mia scelta. A volte mi sembrava che sono nata di essere schiava. Dopo di che mi calmo con la frase "sono persone è peggio di me." Non dovevo perdonare mai alcune persone, però l'ho fatto e non si può cambiare nulla, vado avanti così. La mia forza è il mio figlio, devo essere sincera che dal giorno che ho cunosciuto te mi stai regalando tanta felicità e speranza, quello che hai mostrato in questi giorni. Non dimenticherò mai, mai nella mia vita.

- Eliz tu sei stata maltrattata tutti questi anni?

- Eh, non voglio ricordare tutte quelle sofferenze, perche sto male comunque anche ora, lasciamo stare.

- Sai mi sto meravigliando, perchè sei "una grande donna". Tu avrai sempre il mio rispetto, però mi devi promettere una cosa e finiamo questo discorso che mi sto venendo il nervoso; "Non permettere mai, mai che ti tocchi qualcuno, oppure che ti offenda". Ti prego promettimelo.

- OK promesso! Elizabet lo sta abbracciando; sei un dolce amore mio.

- Non sono proprio cosi, ma del male non ho fatto a nessuno. Sono sincero e dico subito quello che penso. Elizabeth allora prima che tu parti io organizzerò una festa con gli amici per la mia regina.

- Ou no ti prego sarò imbarazzata!

- Deciso! Non se ne parla più. Domani mi occupo di tutto quello che serve per la serata.

- Maik tu non sei stanco di me ? Ti faccio troppi disturbi.

- No cara e dopo la festa ti porto a vedere la cascata Niagara!

- O Dio, ma tu sei un sacco pieno di sorprese.

La giornata della festa è arrivata le cosine per la festa sono pronte, un attimo e arrivano gli amici. Maik sta aspettando glii ospiti, Eliz si prepara.

Iniziano ad arivare tutti gli amici di Maik;

- Ei ciao, come stai!

- Ciao Maik, bene! Come mai questa festa ?

- Lo scopriremo più tardi.

- Ah ci sono anche delle sorprese?

- Certo! Dai ragazzi prendiamo un aperitivo, rilassatevi, divertiamoci come nei vecchi tempi.

Dopo un bel po' tutti già ben rilassati ballano e si divertono , ma Elizabeth non era ancora uscita dalla sua camera, Maik è preoccupato. È andato a vedere se va tutto bene.

-Ei tutto bene, perchè non esci?

-Maik scusami ho paura non riesco.

-Amore dai coraggio sono con te, andiamo insieme, dai con calma.

-Ok andiamo, sono emozionata.

-Tranquila. Eccoci qui, ragazzi guardate tutti qua!

-Eila, Ma chi è?

- Questa è Elizabeth, la mia fidanzata! È arivata per holy day dall'Italia.

-Elizabeth, questi sono i mei amici!

-Molto piacere.

-Ragazzi voi siete i miei amici che io vi rispetto molto, ho voluto condividere con voi questa gioia, magari sarò meno presente, però voi sapete gia il motivo. Ok, e adesso tutti ballano e si divertono!

-Maik complimenti che bella ragazza c'è l'hai, molto bella.

- Allora facciamo brindisi per questo ragazzo che per niente non era serio fino ad ieri!

-Eh si, ma credo che Elizabeth già ha cambiato qualcosa; dice Mery.

Noi ci siamo conosciuti con Elizabeth qualche giorno prima vero?

-E vero! Abbiamo incontrato Mery mentre andavamo a cena con Maik.

Tutti si divertono, bevono la birra, ballano, davvero è una bella serata.

Mery e le altre ragazze sono molto curiose come si trova Elizabeth con Maik, perciò le fanno tante domande. Lei le risponde gentile a tutti, però non ha tanta voglia di raccontare tutto è timida un pochino, alla fine è gente che non ha mai cunosciuta prima.

È tardi i razazzi pian-pianino vanno via. Tutti ringraziano Maik per la bella serata, ma lui dice che tutte le preparazioni le ha fatte Elizabeth. Tutti gli amici se ne sono andati, Maik e

Elizabeth sono rimasti soli si preparano di andare a dormire, al mattino di nuovo si parte.

- Eliz tu non hai dimenticato che domani andiamo vedere Niagara?

- No amore, infatti volevo dire che dobbiamo andare nel letto il più presto possibile.

Ovviamente non può finire questa bella festa senza baci, accarezze e amore. Al mattino già pronti come sempre, colazione si fa fuori . Maik e Elizabeth di nuovo in moto partono per la cascata Niagara. Questa sara l'ultima sorpresa per Eliz, perchè dopo questo giorno Elizabeth torna in Italia. Finalmente sono arivati a Niagara, Eliz si sente molto bene. E il posto giusto per lei dove può riposarsi, pensare,meditare le belle cose, dove è in contatto con la natura. Qui è molto rilassata, Elizabeth aprezza molto stare in mezzo alla natura è proprio a suo agio. Hanno fatto anche la cena qui in un bel ristorante. Quanto piacere, non si può immaginare. Dopo una giornata meravigliosa e bellissima che non si può descrivere con le parole, al tramonto loro tornano a New York, non si poteva meglio di cosi finire una giornata come in una favola delle principesse. Elizabeth sulla moto insieme a Maik piena di energia positiva sta urlando di felicita con le mani aperte. Sono a casa già. Elizabeth senza perdere il tempo perchè è tardi si sta preparando velocemente la valigia, al mattino parte in Europa. Maik molto stanco della strada, ma anchè triste che Elizabeth deve tornare. Eliz lo guardò e si avicinò a lui, passandoli la mano tra i capelli li da un bacio dicendoli:

- Amore mio, non stare triste perchè anch'io sto male. Veramente non ho voglia di andare, però devo, e tu sai perche.

- Se tu veramente non voi tornare chiama tuo figlio qua, comunque lui sa tutto su di noi. Io non potrei vivere senza di te.

- Maik non posso , c'e anche mio marito già non sono onesta nei suoi confronti, ma non mi importa, l'ho fatto perchè me la sentivo di fare e non può giudicarmi nessuno!

- Non capisci, non posso vivereeee!!! Ho un guasto nel cuore! – grido Maik.

- Ti capisco! Le stesse cose le provo anch'io, ma non posso finire un rapporto in questo modo, non lo trovo giusto, è un tradimento questo!

- Ma che t'importa! Deve pensare a te non ad altri che se ne fregano di tutto!

- Hai ragione, ma per la corettezza è cosi! Io non voglio il mio rapporto finirlo in una maniera cosi! Vorrei essere orgoliosa di me! E poi nessuno non ha detto che non ci vediamo più. I seminari ci saranno ancora.

- Ma si, mi hai convinto. Adesso ti devo dire una cosa, che io ti adoro e ti voglio tanto.

Dopo tutte queste affermazioni il fuoco d'amore si è acceso di più. Si sono addormentati tra baci, abbracci, accarezze.

Al mattino sono pronti per andare al aereoporto. Maik prova a non essere triste però i suoi occhi lo tradiscono. E il momento delle promesse e gli abbracci .

-Promettimi che non mi abbandonerai.

-Cosa stai dicendo Maik? Certo che no! Però!

-Nessun però! Quando voi, puoi tornare come a casa tua.Ok?

-Ok, grazie di tutto sei stato con me gentilissimo, come te io non ho incontrato nessuno. Ti aprezzo molto perciò.

-Quando arrivi di la non dimenticare di scrivermi come è andato il viaggio.

- Ti sei calmato?

-Sii, il potere della tua parola ha fatto la sua magia.

-Adesso vado amore mio, il mio tempo è passato già. Ciao, ci vediamo sul social network.

-Ciao, sii ci vediamo.

Dopo di che si sono abbracciati, Elizabeth ha preso la valigia e se ne va. Maik la sta guardando da dietro. Lei vuole passare le registrazioni ha una sentenza bruttissima, invece lui sente dentro di se una forza che lo spinge gridare:

-Elllii noo, noo, non andare e corre dietro di lei; la prende dalle braccia e non la fa passare.

-Maik calmati innanzitutto. Cosa stai dicendo?

-Non andare Eliz, io sto male veramente.

-Maik abbiamo parlato di tutto questo ti riccordi? Allora andrà tutto bene, vedrai, fidati di me, Ok! Ti prometto che tornerò presto OK?

-No, no mi lasciare adesso sto male davero, andiamo a casa, please!

Non me la sento di rimanere oggi da solo capisci?

-No, non capisco! - risponde Eliz.

-Andiamo resta ancora un giorno, due, ma non oggi per favore; ha preso la valigia e sta tirando Eliz all'uscita.

Sono tornati a casa. Maik è fuori di testa.

-Maik tu mi hai sorpreso con questo gesto! Mi poi dire che succede?

-Non ero preparato psicologicamente che oggi te ne andrai.

Rimani ancora un giorno se non puoi di più.

-Non capisco cosa ti dara un giorno.

-Molto, molto di quello che tu credi! Non ero pronto alla tua partenza te l'ho detto! Stasera andiamo a un ROCK concerto ti voglio vicino a me. Andiamo anche al parco di scateboard, ti porto ancora in moto so che ti piace, faremo cose pazzesche insieme. Eliz vedrai sarai contenta.

-Ah si? Allora avanti!

Sono usciti di casa, hanno preso la moto e se ne sono andati al parco dove sono tutti i scateboaderi . Maik è pronto a fare qualsiasi cosa, ma solo che Elizabeth non se ne vada. Si sono divertiti come dei bambini, dopo di che sono andati al concerto ,era una leggendaria rock bend che li piaceva molto a Maik, ma anche Elizabeth era passionata di loro. Dopo una bellissima serata passata insieme e il momento giusto di andare acasa, domani di nuovo si deve andare al aereoporto, Elizabeth deve partire.

Questo concerto li ha fatto tornare tanti ricordi del passato. Per questo sono molto sereni. Elizabeth non si può immagginare che da un semplice messaggio qualche tempo fa può finire con un "*grande amore*".

Il destino ti cambia la vita proprio nel momento quando non te lo aspetti è succeso cosi con lei.

-Maik vorei chiederti una cosa, ma promettimi che mi dici la verità.

-Certo dimmi tutto.

-Sta mattina al aereoporto ho avuto un dubbio molto strano quando tu non volevi che io partissi. Hai qualche problema a questo punto?

-Mmmm, infatti ho una problema , però non vorrei approfittare di te. È una cosa credo psicologica, ma lasciamo perdere!

-Non se ne parla neanche! Voglio sapere tutto!

-Ok, io non ho segreti. Non sopporto, soffro quando quolcuno va via ed io devo accompagnarla tutto è legato dal passato.

-Che successo in passato?

-Ultima volta che ho visto mia madre viva e quando l'ho accompagnata al aereoporto, andava dal suo compagno. Dopo un giorno mi hanno chiamato dal ospedale, mia mamma era stata male per la droga. Quello che è sucesso dopo tu lo sai già. Per questo io quando vado in aereoporto sto male, sempre ho brutti ricordi.

-Sii questo è un problema psicologico, tu hai un trauma. Però proveremo di toglierti questa paura. Mi capisci bene, e una paura che tu pensi che può succedere di nuovo, ma tu la devi superare. Niente di grave, devi fare solo quello che ti dico io. Ok?

-No Eliz non c'è la faccio, divento pazzo.

-Non riffiutarti è una cura e c'è la farai. Forza! Devi meterti in testa che non succede niente mai più è un esercizio, vedrai ti passa tutto.

- Sei una persona meravigliosa e tu continui a sorprendermi.

- Perchè? Non ho fatto niente di speciale.

- Però ti sei impegnata con me.

- Ma figurati, quando te la senti, mi puoi chedere tutto .

- Ok, però adesso vorrei fare l'amore con te, lo desidero tanto.

Come sempre tutto finisce con una scena d'amore. Una fiamma che non si spegne mai. Dalla stanchezza che hanno se ne sono adormentati come dei piccoli bambini.

È mattino, Elizabeth si è svegliata non vuole fare tanto rumore per non svegliare Maik decide di andare da sola al aereoporto. Ma prima di uscire lascia un biglieto sul cuscino di Maik dove ce scritto:

" *Amore mio grazie per la vacanza incredibile, per il viaggio fantastico che mi hai regalato. Non voglio che soffri di nuovo accompagnandomi, per questo motivo non ti ho svegliato, fidati di una proffessionista in materia è meglio cosi. Quando arriverò ti mando un messaggio. Un bacione, un abbraccio forte. Ciao, Elizabeth.* "

Ha preso la valigia ed è uscita di fretta, per fortuna anche un taxi si era fermato vicino, è salita:- direzione aeroporto per favore.

Arrivata in tempo al aereoporto. Sette ore di volo, alla sera già erà sull'altra parte della terra. Elizabeth decide di fare una sorpresa alla sua famiglia senza far sapere che è arrivata, ed è riuscita. Arrivata a casa, aspettando l'ascensore si ricorda di mandare un messaggio a Maik.

Eliz – *"Ciao! Sono arrivata.Va tutto bene.*
Ti scrivo domani. Un bacio. "
Maik –*" OK. Un bacio. "*
Sale nell'ascensore, ecco sta suonando già al campanello. Apre suo figlio ed è senza parole. Quelli si sono sorpresi di questa sorpresa bella.

-Mamma che sorpresa!

- Leo chi è?

- Arrivata la mamma!

- Ciao! Come mai? Senza far spere?

- Ho voluto fare una sorpresa, e sono riuscita!

- E già, sei riuscita davvero! Come è andata, dai raccontami!

- Ma si bene, molto bene.

- Noi ci prepariamo per cenare.

- Io non ho tanta fame. E voi, allora come è andata senza di me?

- Siamo stati bravissimi mamma!- risponde Leo.

- Veramente siete stati bravi , guarda che bella cena avete preparato Sono molto contenta per voi.

-Mamma dai raccontami come è New York? Ti è piaciuto?

-È bello, tutto moderno, cose antiche non le trovi ad esempio come da noi.

- Cosa vuoldire non li trovi?

- Tipo come da noi ad esempio COLOSEO, oppure POMPEI, di la non trovi cose del genere tutto modernizzato.

Dopo che ha finito la cena, si sono messi a chiacchierare. Suo marito era contento che Elizabeth era tornata.

-Cara mia, mi sei mancata!

- A sii?- non sapevo cosa dire , perche non lo soportavo.

- E tu cosa hai fatto nella mia mancanza?

- Ma si, sono andata al lavoro, con gli amici, niente di speciale.

- Mmm, ho capito. Ok io mi devo preparare per domani al lavoro poi vado presto a letto, sono molto stanca e vorrei riposare.

- Anch'io, vengo con te. Leo buona notte!

- Buonanotte mamma e papà!

Questa idea non è tanto piaciuta a Elizabeth, però non poteva cambiare nulla. Subito è diventata come un ghiacio con la scusa che è molto stanca non ha funzionato. Suo marito come sempre insiste e non li interessa nulla. Elizabeth con la grande pazienza e prudenza subisce tutto. È passata la notte in un dispiacere e con i pensieri che fino ad ieri la rendevano felice, ma ora di nuovo era tornata in quell'incubo. Elizabeth non vuole accettare tutto questo, però non ha il coraggio di cambiare.

Suo marito ha osservato che Elizabeth non è come prima, quel ghiaccio la senito anche lui da parte di Elizabeth, però... Arrivata la mattina Elizabeth era più felice di tutti, finalmente al lavoro.

Una mattinata di fretta tutti di corsa, quasi che prendono il volo. Si sono salutati, e sono andati ognuno con i suoi affari. Elizabeth arrivata in clinica era già aspettata dai suoi cari pazienti. Ognuno rappresentava per lei qualcosa. Fra di loro era anche la sua amica Laura con suo figlio, che si sono messi d'accordo prima che Elizabeth parte. Ecco il primo paziente.

-Buongiorno!

-Buongiorno Dott-sa! Sono Davide, figlio di Dott-sa Laura Manccini!

-Ah piacere Davide, accomodati arrivo subito.

-Alora Davide, come mai qui? Che cosa ti è successo?

-Beh, mia madre mi sta rompendo, e lei che mi ha convinto di venire. Non è successo niente , sono cose normali! È lei che non capisce!

-Davide se non te la senti di parlare, non c'è nessun problema.

-No, no così sarà contenta lei , mi sta facendo passare per un pazzo.

-No, che dici? Non pensare male di tua madre, ti vuole troppo bene.

-Mi da fastidio che mia mamma non capisce certe cose, Lei crede che la gioventù deve essere come vent'anni fa, figurati!

-Ok, dimmi tutto Davide hai tutto il tempo che vuoi.

-Guarda Dott-sa, già ho fatto fatica di venire qua, però non è che ti racconto tutta la mia intimità.

-Quello che vuoi tu Davide.

- Il problema è che io sono inamorato di una donna chè ha 15 anni in più di me. A me questa cosa no m'importa, mia mamma non può accettare. Per questo sono andato via di casa. Io sono contento la mia mamma invece no, dice che mi ha cambiato la testa, però non è cosi. È una ragazza meravigliosa mi sta insegnando tante cose per bene. Mi sento molto bene con lei, e non sono d'accordo con mia madre. Sono stuffo di quelle ragazzine stupide che non sanno nulla nella vita, solo come spendere soldi dei propri genitori, divertirsi e poi nient'altro sanno fare.

Allora Dott-sa mi dica, visto che lei è anche una collega di mia madre che consiglio mi può dare a me? Certo che da ragione a mia madre e anche una amica per lei.

-Guarda Davide io guarderò questo caso come una psicologa, non come una collega, nemmeno come amica, Ok? Dal inizio ti dico una cosa molto importante, il mio lavoro è costruito cosi: paziente e psicologo, basta, non devono essere di mezzo altre persone. Hai capito come funzionano i miei metodi?

-Sii certo!

-Allora il tuo problema per me è chiarissimo, io direi cosi; di non permettere a nessuno di cambiare la tua vita, solo tu devi cambiarla per bene ovviamente. Se tu stai bene cosi continua cosi e non vivere dietro le formule degli altri perchè non è giusto, non siamo uguali, oppure fare la stessa vita dei nostri genitori, ogni persona ha il suo modo di essere, unico in questo mondo. So che è dura quello che ho detto, magari non dovrei per rispetto di tua madre che tante volte ho dovuto imparar da lei. Ma per rispetto del mio paziente è giusto cosi. Nel tuo caso non sono disturbi mentali, sono cambiamenti di vita che disturba la mente degli altri. Non posso usare il metodo teoretico adesso è inutile. La vita si vive non si studia , perché non è uno strumento musicale che usiamo le stesse note musicali in ogni canzone.

" La vita è fatta anche di compromesse, piacere, tristezze, dolore che non lo toglie nessuno e non guarisce mai solo il tempo può fare qualcosa, però un guasto sempre rimane nel nostro cuore."

Quello che personalmente io ti pregherei di fare è di visitare tua madre più spesso, non litigare, di dire che ha ragione lei, che i tuoi sbagli li stai già coreggendo, prova tornare all'università. Vedrai andrà anche con tua madre tutto bene se segui i miei consigli. Se tu voi possiamo fare un'altro appuntamento se te la senti che hai bisogno di parlare oppure qualche consiglio.

-Ok sono molto contento Dott-sa per il discorso che abbiamo fatto, se avreì bisogno le farò sapere. Grazie di tutto è stata gentilissima con me e anche molto proffessionale.

-Va bene, ti ringrazio un saluto a tua mamma. Ciao!

Elizabeth è rimasta da sola era troppo carica dopo questo paziente giovane. Tante cose giravono nella sua testa perchè si è vista in questa storia, però ha ricevuto le risposte che le aveva nei

confronti di Maik rispetto a lei. Per lei è stato molto chiaro perchè i ragazzi di 20-23 anni trovano le fidanzate più grandi di loro come età. Questa storia la sta
buttando di nuovo nei pensieri e sta diventando più forte e più orgoliosa. Subito ha pensato a Maik gia le mancava. Decide di scrivere un messaggino per vedere come sta.

Eliz – *" Ciao, come stai?"*
Maik- *" Ciao tutto bene, sto aspetando che mi fai sapere come è andata? Sono preoccupatissimo."*
Eliz – *" Scusami, non potevo prima.*
Proverò di essere più punctuale,Ok? Dimmi la sorpresa ti è piaciuta?"
Maik- *" Eh già, fantastica, quando non ho trovato nessuno mi sono spaventato. Dopo ho capito che era una sorpresa, poi quel biglietto è stato davvero sorprendente!*
Tu stai bene?"
Eliz – *" Sii io sto bene, oggi il primo giorno di lavoro.*
Ho dei pazienti, uno è appena uscito."
Maik- *" Ti voglio baciare e abbracciare."*
Eliz – *" Anch'io, vorrei che mi crescessero le ali per volare da te amore mio."*
Maik- *" Ti voglio vicino, ti voglio toccare, ti adoro!"*
Eliz - *" Mi manchi molto. Ci sentiamo ancora, mi raccomando stammi bene."*
Maik- *" Domani alla stessa ora non dimenticarti."*
Eliz - *" Certo che no, a domani"*

E cosi tanti giorni. A casa di Elizabeth non andava tanto bene. Suo marito era molto agitato e sospettava qualcosa, a volte la sorvegliava
Invece Elizabeth si agitava di più quando vedeva tutto questo, però faceva finta di non capire niente. Tra Eliz e suo marito i

rapporti diventarono molto freddi, iniziano litigi, non si fidano, gelosia, si sta creando una tensione alta, i rapporti diventano difficili. Come sempre suo marito Fabio la sgrida e urla, non è contento perché Eliz non accorda tanta attenzione a lui personalmente. Sempre la guarda con chi parla, cosa parla, inizia a trattarla male siccome fosse una schiava. Elizabeth non riesce a sopportarlo. Non dura molto tutta questa atmosfera, dopo tre mesi e successo il peggior dei peggiori.

CapitoloIV

IL SEGRETO

Elizabeth in una delle mattine si dimentica il cellulare a casa. Arrivata in clinica ha capito che non ha il cellulare, decide di tornare subito acasa. Però era tardi già. È proprio la giornata sfortunata. Suo marito proprio in questo giorno doveva essere quella mattina a casa.

Certo che è stato lo squillo del destino in quella mattina; dove ha chiamato qualcuno e lui se n'è accorto. Fabio ha letto tutti i messaggi che aveva Elizabeth nel suo ceàlulare, lui ha capito tutto che lei l'ha tradito.

Arrivata a casa per prendere il cellulare Elizabeth ha visto la facvia di suo marito imbiancata, ma lei cercava di far finta di niente.

- Ciao amore! Non sei andato ancora?

- No, e tu perchè sei tornata?

- Ho dimenticato una cosa importante!

- Ah si? Va bene!- è sta seguendo cosa fa Elizabeth.

Lei sta cercando il celulare da per tutto, non lo trova si sta agitando e arrabbiatissima, perde la pazienza. Fabio decide di chedere a Eliz cosa sta cercando .

- Cosa stai cercando, sei molto agitata?

- Una cosa per lavoro, ma non la trovo, non so dove l'ho lasciato.

- Magari questo stai cercando?- li fa vedere il celulare.

Elizabeth si è bloccata, non sapeva cosa dire quando ha visto il cellulare in mano di suo marito, tremava tutta.

- Ah eccolo ce l'hai tu?

- Sei tornata per lui?

- Eh già, se mi chiama quolcuno?

- Infatti lui già ti sta scrivendo e preoccupato poverinoooo!- grida forte.

- Mi hai guardato il cellulare? Ma come ti permetti?

- Ma come ti permetti tuuu, mi hai tradito chi è lui che ti scrive messaggi d'amore?

Suo marito arrabbiato e furioso come una bestia selvaggia urla e la spinge chiedendoli spiegazioni. Elizabeth rimane bloccata, tutta spaventata.

- Ei che succede? - chiede spaventata lei.

- Guarda che coraggio, adesso mi racconti tu che succede stronza! Chi è questo "cazzone" che ti scrive sti messaggi d'amore? Eeh?

Mi stai mettendo le cornaaa?

- Io devo andare al lavoro, tu stai parlando stupidagine.

- Certo vai, che lui aspetta lo stessa ora.

- Hai letto i miei messaggi? Non ci posso credere! Ma come ti sei permesso, fare una cosa del genere! Io non ho fatto niente!

- Come no, chi e questo che ti chiama "amore"? Eh?- le tira un schiaffo in faccia.

- È una persona malata, lo sto aiutando:- grida piangendo Elizabeth.

- Cosa??? Hai il coraggio di dire le bugie?- la sta spingendo e picchiando.Elizabeth cade per terra, inizia a piangere e lo prega di non picchiarla, suo marito è furioso non vuole sentire nulla. Lui solo urla :

- Non piangere, zitta che ti ammazzo! Adesso mi spieghi tutto che seminario hai avuto, dove sei andata a New York?! Parla, puttana! – la colpisce di nuovo, Elizabeth non ha la forza di diffendersi.

- Non ti permettere di toccarmi!

- E se mi permetto, cosa succederà? Eh?- di nuovo la colpisce.

- Lasciami, lasciami stare, sei impazzito! È finita tra di noi, non ci sto con te! Io vado!

Fabio furioso la spinge gridandole parole brutte e molto pesanti.

Elizabeth riesce scappare, lui li butta dietro il celulare, e l'ha fatto a pezzi, lo prende e corre verso la porta.

-Puttana io ti ammazzo!- grida lui dietro.

-Fallo una volta! non pensare tanto!

Scappa, corre le scale, va nella sua macchina, tutta che piange e riempita di botte. Non sa dove andare, però deve andare al lavoro per forza, ma non è in grado. Decide di andare più tardi, ma prima ha chiamato in clinica farli sapere che al mattino non ci sarà. Elizabeth è distruta è cosi distruta che non può ragionare, ha una grande tristezza nel cuore. Questa volta è decisa, indietro non tornerà mai. Girarando per le strade, nell parco per togliere un pochino quel dolore che c'era dentro. Ha scritto un messaggio a suo figlio.

" Caro mio, è successo un casino a casa, direi una tragedia. Non siamo più una famiglia. Tuo papà ha saputo tutto di me. Io me ne sono andata via, non torno più, magari quando non sarà lui passo per prendermi qualche vestito. Mi spiace ho rovinato tutto, è il momento quando tu hai bisogno di una famiglia, invece io ho distrutto tutto. Io sarò in clinica, se mi voi vedere mi trovi la. Perdonami!"

Elizabeth non è per niente calma. Arrivano telefonate e messaggi non risponde a nessuno, anche Maik le sta mandando i messaggi Eliz non risponde, lui sta per impazzire - pensa male.

Elizabeth ha passato tutto il percorso della sua vita davanti ai suoi occhi voleva capire dove ha sbagliato lei, sicuramente ha sbagliato prima di conoscere Maik. Con tutta la tristezza e dolore che aveva nel cuore lei pensava anche al lavoro, ai pazienti, decide di andare a lavorare dopo il mezzo giorno. Si è messa un po di trucco in faccia, prova di essere un po più serena, che fatica passare sopra a tutto questo dolore, e fare un bel sorrisino, dentro di se c'è un fuoco che non si spegne mai. E dopo tutto questo lei le deve dare consigli ai suoi pazienti, come fare se lei non può usare i propri consigli, il cuore non accetta niente. E arrivata in clinica, sta per ricevere il primo paziente. I messaggi di Maik arrivano e arrivano, Elizabeth legge l'ultimo ché arrivato.

Maik – " *Eliz rispondimi, che cosa succede? Io impazzisco non capisco nulla. Perchè no mi rispondi? Oppure mi prendi in giro?* "

Il Suo paziente sta parlando, ma lei che non lo sente nemmeno, trova una scusa per allontanarsi un po. Le spiace che Maik e preoccupatissimo. Dopo di che ha finito con il paziente sta per rispondere a Maik:

Eliz – " *Non sono libera, quando sarò comoda ti rispondo.* "
Maik – " *No dimmi tutto adesso* "
Eliz – "*Il Mio marito ha visto tutti i messaggi che ho ricevuto da te, io non li ho mai cancellati ed è successo un gran casino.* "
Maik–" *Nou calmati, ti ha maltrattato dimmi!*
Eliz – " *Sono rovinata, sono andata via da casa .* "
Maik –" *Non tornare più a casa, può finire male. Torna detro da me.* "
Eliz – " *E come faccio lasciare mio figlio con lui?Non poso fare questo, lui studia.* "
Maik –" *Ma non mica voi andare da lui? Quello ti ammazza non capisci?.* "
Eliz – " *Quando avrò qualche novita ti informo,non scrivermi più Ok.* "

Maik – " *Ascoltami lascia perdere! Ti aspetto sempre, la porta è sempre aperta per te. Pensaci bene. Ciao"*
Eliz – " *Va bene. Grazie. Un abbraccio. Ciao"*

La giornata di lavoro è finita, Elizabeth e distrutta che per la sua colpa dimenticando quel maledetto cellulare e successo tutto questo, ma le spiace solo per suo figlio non perche ha lasciato Fabio. Non le importa di suo marito perchè è un egoista, per lui ci pensera da solo, invece per suo figlio è preoccupata, però non farà del male un padre al suo figlio, chissa cosa ha nella testa quello adesso. Elizabeth pensa nella sua testa, già e più decisa: " Non vado acasa, vado in un albergo, e subito mi licenzio, torno da Maik. Lo devo guardare finalmente come un uomo non come un ragazzino, anche se è più giovane di me. Proverei una nuova esperienza. Punto e basta! Quando starò meglio faccio venire mio figlio, cosi sarà maggiorenne e non dovrà a nessuno dare i conti. Però è preocupata per suo figlio , non sa come spiegare questa cosa, poi non si sa come la prende lui, Eliz non è pronta lasciare suo figlio adesso quando lui ha bisogno di lei a quest'età. Tutti questi pensieri la distruggono di più. Decide di chiamare suo figlio:
- Ciao amore! Sono ancora in ufficio, dobiamo parlare.
- Ciao mamma! Fra un'oretta arrivo.
 Tempo passato come un attimo è arrivato Leonardo, ha visto sua mamma molto cambiata.
- Mamma cosa ti è successo? Ti trovo molto preocupata.
- Successe tante cose brutte figlio mio, però ho bisogno del tuo aiuto mi devi dare un consiglio.
- Io, un consiglio a te ? Mamma mi fai
ridere!

Tutti vengono da te per i consigli che sei miglior psichiatra, invece tu lo chiede a me?

- Leo ascolta non solo di un consiglio ho bisogno; io e papà abbiamo litigato molto forte ed io me ne sono andata via di casa, io non torno più, tuo padre mi ha maltrattato come sempre, non vorrei nemmeno ricordarmi.

- Mamma perchè lo ha fatto?

- Eh, mi sono dimenticata il cellulare a casa, e ha trovato i mei messaggi, ha saputo della mia relazione con Maik. Cosa successo ti poi imagginare?

- Oh, mamma che casino!

- Eh, lo so un gran casino.

- E allora, come andrà?

- Non loso, mi ha maltrattato, non posso perdonarlo, questa volta no, ho lasciato tuo padre, mi dispiace. Quello che voglio da te e di perdonarmi. Io vorrei andare vivere con Maik.

- Ma cosa dici, di quale perdono stai parlando tu? Se lui è d'accordo poi andare mamma.

- Figlio mio, vorrei andarmene, ma come faccio lasciarti da solo con un papà violento non riesco!

- Mamma non sbagliare di nuovo, non ti devi sacrificare per me, sono grande io, quasi 18 anni, come li compio me ne vado per mio conto e non resto neanche per una ora.

- Piccolo mio non sono preparata con la testa, questa cosa è arrivata dal improviso, cioè non mi aspettavo.

- Mammina non pensare a me, non sacrificarti la vita, non perdere la felicità, io ti adoro cosi come sei, non avere paura di essere giudicata.Tu devi fare la tua scelta adesso, devi fare quello che ti senti di fare.

- Hai ragione piccolo mio, tu sei più forte di me.

- No, non è vero sono più tranquilo. Mamma, *la vita c'è ne una, e ogni uno dobbiamo viverla per noi, non per gli altri*; ti ricordi queste parole?

Sai quale è il mio consiglio che ti posso dare, quello che tu mi hai dato a me: ***"Non molare mai."***

- Tesoro, veramente sei grande. Guarda che mi hai regalato una grande forza, con le tue parole. Io ti adoro, angioletto mio.

- Mamma dovrei andare, ti saluto.

- Leo io verrò a casa qualche giorno per prendermi le cose, preferisco che fossi da solo non ho voglia di vedere nessuno, capisci, cerca di essere a casa.

- Si capisco! Certo, ti farò sapere mamma. E stasera dove vai? Abbi cura di te mi raccomando.

- Grazie figlio mio, vado in albergo. Poi da domani inizio in fretta a prepararmi di andare. Mi accompagnerai al aereoporto?

- Certo, senza altro! Dai, ci sentiamo, un bacione mamma! Ciao!

- Ciao tesoro mio!- lo bacia e lo abbraccia con grande amore.

Leonardo è andato acasa. Elizabeth è andata in albergo sta notte . Ha una notte intera tutta sua per pensare bene alle cose, per non sbagliare di nuovo. Non ha voglia parlare con nesuno stasera, nemmeno con Maik.

Vuole stare da sola. Un squillo al cellulare ha interotto il silenzio, era Maik. Elizabeth non vuole rispondere in questo momento. Di nuovo un'altro messaggio, decide di leggerlo:

Maik – " *Ciao, come stai? Dimmi quolcosa! Sono preoccupato, perchè non mi rispondi ?"*

Maik – " *Elliii rispondimi sono davvero preoccupato, non scherzo."*

Maik – " *Scrivimi stai bene oppure no!"*

Maik – " *Scrivimi, se sei ancora viva! Quello stronzo di tuo marito ti sta terrorizzando? Digli che tra di voi è finita, non sopportare maltrattamento. Elizabeth per favore rispondimi.* "

Maik – " *Eliz mi trovo colpevole in tutto chè succede?* "

Maik – " *Caaazzo, scrivimi almeno due parole, non ho fatto niente di male. Allora non so cosa hai in testa , io aspetot 3 min., se non mi rispondi io chiamo la polizia del tuo paese, e spiego che succede cosi loro controlano e mi risponderano loro se tu ancora sei viva.* "

Passano 2 minuti, Elizabeth risponde ;

Eliz – " *Ciao, sono viva, non sto tanto bene, no mi va di parlare scusami. Ti hodetto appena riesco a calmarmi ti scrivo io.* "

Eliz – "*Stai tranquilo ok? voglio riprendermi, sono giù di morale. Tu non c'entri niente. Ciao amore, a dopo.* "

Maik – " *Ciao, a dopo.* "

Elizabeth non aveva voglia di mangiare, nemmeno di dormire era molto triste. Passava ogni momento della sua vita per vedere e pesare molto bene le cose. Contava tutti i suoi giorni felici , aveva una paura dentro di non sbagliare . In conclusione ha capito che i giorni felici erano pochissimi; il giorno quando si è fidanzata con suo marito, la nascita del suo figlio. Pensa a te, si conoscono da 20 anni e quanta poca felicità nella loro vita. Il resto erà solo terrore, litigi, mai contento suo marito, ogni giorno cercava i motivi per litigare, un paio di mutande non si poteva comprare senza far tribulare tutti, il bello era che tutto doveva piacere a lui, anche quando erano in vacanza mai andava tutto bene, pure in quei momenti le lacrime non mancavano mai. Aveva una predominazione totale alla persona quest'uomo, pure a suo figlio lo trattava male. Si è riccordata come suo marito li diceva ; tu sei nessuno, tu sei una brutta stupida che non vali niente. Questa frase la fatta essere più decisa in questa storia. Elizabeth sta gridando:

-" No, No, non lo perdono mai, mai! Lui è un mostro che mi ha rovinato la vita con il suo egoismo. Si vede che è arrivato il momento di vendicarmi, per tutto che mi ha fatto in questi anni, lo odio, non lo sopporto più. Bastaaa!!! Non l'avrei tradito mai se mi trattava bene non
ho fatto questo apposta.Vado avanti, non guardo indietro nemmeno!!!" Mi sono dedicata solo a lui, ho amato solo lui, ma lui mai rispondere al mio amore, no mi sono sentita mai una volta una donna protteta. Lui no mi merita neanche!

Dopo tutta questa guerra dentro di se Elizabeth si è calmata, non erà triste, non aveva quel dispecere dentro di se si sentiva piu libera, anzi si è addormentata. In questa bella mattina quando si è svegliata erà piena di forza, con una grande voglia di fare, molto decisa e molto precisa. Squilla il cellulare è suo figlio Leonardo.

- Pronto, Ciao amore di mamma!

- Ciao mamma, come stai?

- Grazie , meglio.

- Infatti volevo dire che ti trovo molto calma dalla voce.

- Sii hai ragione, e proprio cosi.

- Mamma sono contento per te! Vorrei darti anch'io una bella notizia, papà non c'è oggi, è andato per lavoro da qualche parte. Allora vieni con comodo quando vuoi, per le tue cose.

-Ah, proprio una bella notizia! Grazie Leo mi hai fatto un gran favore.

- Di nulla mamma! Io sono acasa, ti aspetto. Ciao, a presto.
A questo punto Elizabeth va in fretta acasa per prendersi le cose di cui avrà bisogno e tornare in tempo al lavoro. Ha deciso oggi di fare anche la richiesta per il licenziamento cosi sarà più veloce, dopo di che deve ordinare il biglietto per New York. Alla fine far sapere anche a Maik del suo arrivo. Dopo di che le viene una ideia fantastica, fare una sorpresa per lui, cosi sarà chiaro, se Maik la aspettava oppure no, belle parole scrivere nei messaggi è molto semplice, invece di guardare negli occhi e di fare le promesse non è facile. Detto-fatto, è riuscita fare tutto, anche portare la richiesta di licinziamento al capo. È stato molto sorprendente questa notizia di licenziamento anche per i suoi coleghi, come mai questa fretta. Sono stati molto generosi suoi cari coleghi, dopo tre giorni Elizabeth era libera poteva non venire al lavoro. La sua amica e colega Laura Manccini quando ha sentito questa notizia non credeva, subito è venuta per trovarla.
- Ciao Elizabeth!
- Ciao Dott-sa!
- Dai senza queste parole ufficiali, dimmi un po come mai ti sei licenziata cosi di fretta , e i tuoi pazienti cosa fai con loro?
- Beh Laura, ho dovuto farlo, sono tante cose che io cambio nella mia vita, sai?
- Noo, successo quolcosa?
- Sei la mia amica e non posso mentirti , però fra di noi, ok non vorrei che lo vengano a sapere tutti i coleghi perché mi metto in imbarazzo.
- Va bene , va bene.
- Ho lasciato Fabio, non ci staremo mai più insieme.
- Come mai hai deciso questo ?
- Sono successe troppe cose, certo che ho sbagliato io, però è andata così.

- Non ci credo che anche tu hai sbagliato, dovevi lasciare quel stronzo da tanto tempo, te l'ho detto sempre quell'uomo non ti rispetta neanche come persona, non parliamo d'amore e tu lo sai che io non ho sbagliato. Ma scusami, con che cosa potevi sbagliare, non mica tradirlo?

- Eh già, mica sono una santa. Proprio cosi Laura ho tradito Fabio.

- Non ci credo che l'hai fatta tu, però complimenti. Non era l'uomo giusto per te. Ma scusa che ti ho chiesto, questi detagli chi è il fortunato?

- Guarda mi prometti che non cambi il tuo comportamento nei miei confronti.

- Perchè dovrei?

- Allora ho cunosciuto un ragazzo che si è innamorato di me alla fine anch'io di lui, ci conosciamo più di sette mesi._Certo che Fabio ha saputo tutto , ha visto i messaggi nel mio cellulare è stato tutto chiaro. Finito un po tutto male, abbiamo litigato, lui mi ha maltrattato , ed io ho detto: "no basta", non va così. Mi sono licenziata perchè vado da lui a New York.

- Ecco, adesso ho capito peche tutto di fretta, come vi siete conosciuti?

- Sul social Network.

- O DIO, hai rischiato di grosso sai? Ma non ho capito perche dovreì...

- Perchè lui è giovanissimo ha solo 23 anni, e non volevo ricordarti il tuo problema con tuo figlio, so cosa stai passando.

- Mmm non so che dire, però una cosa te la dico cerca di esere felice che te lo meriti, non vorrei vederti soffrire di nuovo, goditi la vita!!!

- Le stesse parole le ho detto al tuo figlio.

- Mi imagginavo! Però ti dico un'altra cosa, dopo il vostro appuntamento lui ha cambiato tante cose, vuole tornare a studiare, la sua musica non la lascia, però il suo comportamento nei mei confronti sono cambiati, più gentile e più attento, tutto questo grazie a te. Quindi ho chiuso anch'io un occhio.

- Tu sei contenta adesso di tuo figlio?
- Direì di si, sta recuperando le cose buone.
- Allora ti ho raccontato tutto!
- Elizabeth non dimenticare di me per favore, ci vediamo sul social Network amica mia.
- Esatto, cara mia , mi mancherai molto.
- Adesso ti lascio, comunque ci vediamo ancora due giorni ok! Ciao!
- Ciao Laura!

Dopo questo bel discorso che ha fatto Elizabeth con la sua amica, voleva proprio godersi gli ultimi minuti con i suoi pazienti, perche non avrà posibilità di lavorare con queste meravigliose persone in futuro , che hanno molto fiducia in lei come psicologa.

Anche se andava tutto bene, c'è una cosa che l'ha fatta pensare di più, Elizabeth si è ricordato il momento che hanno litigato con suo marito lui non ha chiamato nemmeno una volta per sapere dov'è, cosa fa, oppure dire di venire acasa, vuoldire che non soffre, come se fosse che lui aspettava questo litigio.

"Non ci penso neanchè, ho preso una decisione molto importante per me che non m'importa se mi chiama oppure no"- lo ha detto molto convinta Elizabeth. La giornata di lavoro è finita, Elizabeth si prepara di andare nell' albergo di nuovo, e cosi ancora due giorni che sono passati in un attimo. L'Ultima sera nell'albergo Elizabeth sta preparando le cose , perche domani mattina si parte. Sta chiamando suo figlio per vedere se riesce domani mattina ad accompagnarla al aereoporto come si sono messi d'accordo prima. Suo figlio non risponde, non può parlare suo papà e vicino non vuole che sentisse tutto, sta scrivendo un messaggio a sua mamma:

Leo – " *Ciao mamma, domani mattina vengo da te ,come ho promeso.*"
Mamma – *"Ok ti aspetto alle 08.00 in albergo.Ciao. Buona Notte."*

Tutte le preparazioni erano finite, Elizabeth era molto lontana con il pensiero, sta volta pensava come reagirà Maik a questa sorpresa, non è detto che può essere anche diverso. Non vuole pensare male, però se accadrà anche una sorpresa di questa , lei sarà felice comunque perchè e uscita dal incubo. Non ha bisogno di nessuno solo di stare tranquila, essere se stesa e non schiava, e godersi la felicità di suo figlio. E questo che le interessa, di altro come andrà –andrà.
Per calmarsi e stare più tranquila sta ascoltando la bella musica, cosi si è adormentata. È mattino, come sempre abituata fare le cose presto, aspettava suo figlio. Qualcuno bussò la porta, è lui Leonardo.
- Ciao mamma!
- Ciao caro mio!
- Tutto bene tesoro?
- Si mamma, benissimo, il taxi già aspetta! Anche tu stai bene, ti trovo molto felice.
- Sono più calma, più decisa. E tuo papà non ti ha chiesto dove vai cosi presto? Avete parlato di me?
- Mamma non rovinarti la felicita con queste domande, non vali la pena.
- Hai ragione, prendi la valigia e andiamo, non perdiamo il tempo prezzioso ne anche pensando a lui. Adesso tu mi dai dei consigli a me.

- Certo, con la tua scuola adesso potrei lavorare nel tuo posto con i tuoi pazienti.

- Mi spiace per i miei pazienti, sai mi sento male davvero per loro.

- Perchè?

- Perche erà il mio dovere aiutarli, sono persone malate con i problemi psicologici, hanno bisogno del mio aiuto. Spero che mi perdonerano , perche non è facile. Ho promesso a tutti di conversare sul sito.

- Mamma adesso e il momento di pensare a se stessa non ad altri e poi, chi sa come sarà questo Maik. Sai mi sto preoccupando un po.

- Perchè?

- Perche lui ha 23 anni mamma, è giovanissimo, io ho 17 non e che c'è grande diferenza.

- Cosa voi dire?

- Voglio dire che io non sono pronto fare
questo passo che ha fatto lui, nella mia testa girano cose da bambini io non penso adesso a creare una famiglia. Invece lui si.

- Amore sei anni è una grande differenza e lui è un'altra persona più preparata per la vita, più deciso, e molto rispettuoso con me, non pensare che tua mamma va con il primo che passa...

- Mamma lui non è maturo ancora , e normale a questa età essere cosi. Io te lo auguro mamma , ti voglio tanto bene!

- Tesoro mio, tutto quello che hai detto è vero, però lui è diverso non perche vorrei dare ragione a lui, potrebbe essere anche mascherato. Io guardo anche altri dettagli; la vita è stata con lui molto dura , direì durissima, lui soffre anche da bambino ha imparato tante cose, la vita l'ha insegniato tanto. Poi ha una qualità che vale molto; sa aprezzare le cose e le persone al momento giusto non dopo di che non ci sono più, qui io non sbaglio, sono convinta.

- Speriamo, io ti voglio felice! Basta, perchè hai fatto una vita di merda e ti sei sacrificata per tutti quanti. E il tuo momento adesso e ti devi approffitare, chi sa come cambierano le cose . Noi non lo sapiamo.
- Hai ragione! Leo siamo al aereoporto.
- Tu vai a fare la registrazione io ti porto la valigia.
- Ok, d'accordo.

Elizabeth sta correndo verso la sua felicità se la guardi da una parte, è come una capretta che è scappata in campo dal pascolo tutta felice. Le persone cambiano anche se hanno una certa età comunque cercano di essere felici. Quello che è molto bello nella nostra vita, è anche importante.

È il momento principale e commuovente quando Elizabeth sta per salutare suo figlio Leonardo:

- Caro mio ti devo salutare, mi mancherai molto tesoro mio.
- Allora mamma mi prometti di non piangere se no io vado adesso, non rovinare questo momento di felicità.
- NO, no sono tranquila.
- Dai che devi andare è il tuo turno, non pensare tanto a me, mi chiami quando sarai sistemata. Ok?
- Ok , abbi cura di te ci sentiamo sul sito.

Dopo tutte le procedure Elizabeth sta seduta in aereo aspetando la partenza, a fatto un respiro lungo con gli occhi chiusi e sta pensando a quello che la aspetta. Sette ore di volo sono tante, però pazienza . Eliz sta guardando nel finestrino i paesaggi meravigliandossi della bellezza della nostra terra. Tempo a tempo sono passate abbastanza velcoe 7 ore, finalmente è arrivata, Elizabeth ha un'emozione come non c'è mai stata trema tutta di nuovo controlli noiosi. Sta per uscire dal aereoporto cerca con gli occhi un taxi. Per fortuna te lo chiedono se hai bisogno. Elizabeth è salita subito. Gentimente la sta chedendo dove va?

- Were do we go?
- To this address.- li fa vedere un foglieto al taxista.
- Old Street 13?
- Yes.
- Ok, lets'go.

Elizabet ha una ansia da morire, sta pensando a Maik che emozioni avrà lui? Per evitare le emozioni sta guardando le strade di New York. Per lei è un mondo diverso , molto diverso da dove arriva. Sono alle 18.00 Maik deve essere acasa a quest'ora . Ha una sensazione come avesse 17 anni e deve dire al suo fidanzato "ti amo" per la prima volta.

È arrivata all'indirizio. Sta respirando intensamenste non ha il coraggio di suonare il campanello. Finalmente schiaccia quel butone, ma nessuno non aprì, Elizabeth guarda l'orologio, suona di nuovo, passano cinque minuti, non apre nessuno si sta preoccupando già le spiace che ha preso questa decisione, inizia a pensare cose brute. A quest'ora Maik doveva essere acasa. Non ha scelte, a questo punto si deve calmare e aspettare che arriva Maik, chi sa magari è successo qualcosa oppure è andato con gli amici. Elizabeth sta guardando per trovare un posticino per sedersi, non si sa mai quanto si deve aspettare. Sono le 19.00 tutti pensieri più bruti del mondo sono nella sua testa. Sta parlando da sola: "Che scema sono, ma proprio scema, mi sono lasciata

coinvolgere dalle emozioni. Cosa faccio adesso?"

Guarda lontano vede una figura asomigliante, ma non è da solo è con una ragazza e per questo Elizabeth non sta guardando bene. Alza di nuovo la testa cosa vede incredibile quelli due si avicinano, Maik insieme a Mery. La ragazza che l'ha cunosciuta in ristorante anche alla festa che ha organizzato Maik. Loro si sono avicinati, Elizabeth non ha coraggio di chiamarlo, però una forza dentro lo spinge gridare. E sciocata di quello che vede un immaggine che Elizabeth non si aspettava di vedere e non avrà mai pensato. Vuole correre da qui nemmeno non guardare indietro, ma quella forza la spinge di nuovo per gridare... - Maik!!!- in questo momento Mery ha baciato Maik.

Lui ha sentito la voce di Elizabeth sia accorto non li viene da credere, pensava che avesse sentito male. Girando la testa in tuttele parte vede Elizabeth. - O DIO mio Elizabeth!!!

Subito guarda Mery e sta come un muro, non si move, non credeva ai suoi occhi. Elizabeth non ha parole di quello che ha visto, inizia a correre lasciando la valigia senza dire nulla, a quel punto non voleva sapere niente. Maik visto che Elizabeth corre, sta correndo anche lui per raggiungerla. Ha capito subito che quel bacio di Mery ha rovinato tutto. Elizabeth corre forte, Maik corre e la sta chiamando da dietro, ma lei non si ferma. Corre come se fosse l'ultimo giorno della sua vita. Maik non può raggiungerla, con una campionessa come Eliz è impossibile.

-Elli non hai capito giusto fermati ! Amore! Per favore !

Non si ferma Elizabeth, non è da scherzare, Maik capisce che la cosa diventa seria. Lui corre, ma li manca il respiro. Incredibile è arrivata al parco dove la portata Maik per la prima volta. Elizabeth sta dicendo nel suo pensiero: " Perche non ho le ali?"

Eliz scivola e cade, che fortuna per Maik, mentre lei si alzava lui l'ha presa.

- No mi toccare, lasciami!- grida Elizabeth.

- Eliz, ma cosa stai facendo?

- Eliz spegami un po , come sei arrivata seza dirmi niente? E poi tu non hai capito giusto, e perché corri? A parte tutto complimenti per la corsa.

- Lascia stare le batute adesso, non e proprio il momento di scherzare!

Tu stai insieme a Mery, e voi anche spiegazioni? Ma tu non ti vergogni proprio? Che scema sono io, ti ho creduto proprio! Ma tu sei...

- Eliz, Eeelliz ascooltami, non hai capito nulla! Non ho niente con Mery ho voluto dirti che successo una disgrazia e di qualche giorno vive a casa mia, ma tu mi hai detto di non scriverti, che mi chiami tu quando sarai più tranquilla. Ma io aspetto, tu no mi scrivi più, dovevo aiutarla è mia amica.

- Cosa hai voluto dirmi? Che stai con Mery!? Questo? Che stupida sono ho creduto a un ragazzino di 23 anni, e mi sono lasciata andare dalle proprie emozioni. Oh DIO che stronzata!

- Non dire cosi, che mi fai arrabbiare, non sono un ragazzino e tu lo sai.

Mery ha dei problemi molto serii, e per questo che ho voluto parlare con te sul sito, però se mi hai detto che mi chiami tu io non ti ho disturbato. Ho capito che qualcosa non va.

Fidanzato di Mery l'ha picchiata e si sono lasciati e lei ha iniziato a drogarsi. Mery ha bisogno di aiuto non sa come andare avanti, è la mia amica Elli mi devi capire non voglio che finisca come mia madre. Questo ho voluto dirti, però tu lo sai già perchè non te l'ho detto. Volevo che la aiuti tu con qualche consiglio. Mi sembra che si è ripresa un po, ma.

- E quell bacio come mai e stato?

- Un bacio di ringraziamento Elli, in quel momento mi diceva se non ero io, lei sarebbe finita, non aveva voglia di vivere. Quando l'ho trovata non respirava era tutta piena di sangue e botte.

Maik si butta giù per terra si è messo le mani in testa, non può stare in piedi quando si è ricordato in che stato erà Mery.

- Quando l'ho trovata mi ha ricordato mia mamma, ho fatto in tempo e i medici l'hanno salvata. Dopo l'ospedale non

voleva tornare a casa sua, aveva paura, ho dovuto prendermi cura di lei, Mery per me sempre è stata come una
sorellina, e non pensare alle parte intime. E con te che successo?

- Non so che dire, mi spiace per Mery, che vergogna.

- E a te che ti è successo? – dimi una volta Elli.

-Non ho cancellato i messaggi che tu mi hai mandato, in una mattina ho dimenticato il celulare a casa, immaggina che poteva succedere.

- Non ci credo Eliz che scemina!

- Eh già proprio sciocca!

- E allora? Dai raccontami tutto.

- Ho lasciato mio marito.

- No, non ci credo per niente, veramente? Ti ha picchiato quel stronzo?

- Si, per questo ho deciso di lasciarlo, non lo sopportavo più. Mi terrorizzava tutti giorni. Cosi ho deciso di cancellare il mio passato. Basta non vorrei riccordarmi di nuovo tutta questa storia. Cosi ho deciso di approffitarmi della tua proposta; "che posso venire quando voglio", cosi mi hai detto ricordi? Ma se non è il momento dimmelo subito. E devi sapere per sempre la cosa più importante; dimmi sempre la verita qualsiasi essa sia.

- Certo non avere dubbi Elizabeth, al questo capitolo io sono perfetto. Però adesso dobbiamo andare che Mery è da sola chi sa che cosa le viene nella mente. Maik la guarda dritto negli occhi e si avvicina per baciarla, la stringe forte, forte al suo petto dicendoli: "Sono contentissimo che sei tornata, adesso sei tutta miaa – miaa!" Non ti lascio per nessuna ragione al mondo tornare indietro. Hai capito gioia mia?

- E tuo figlio, come ha reaggito alla tua decisione? – chiede incuriosito Maik.

- Come un vero uomo grande è stato al mio fianco in tutti momenti difficili. O DIO li ho promesso che quando arrivo lo chiamo, o scrivo un messagio.

- Eh si certo si sta preoccupando, dai andiamo mandiamo un messaggio che tutto va bene. Voi che facciamo una passaggiata a piedi oppure prendiamo un taxi?

- Meglio a piedi, cosi mi do una calmata e prendo un po d'aria.

Questi due sono arrivati al parco di corsa, adesso tornano acasa abbracciati e tranquilli, intorno a loro gira un' energia d'amore e tanto romanticismo. Quanto piacere di cose piccole. Guardandoli si capisce una cosa: *"L'AMORE NON HA ETA."*

Finalmente arrivati a old Street 13. Maik suona il campanello, Mery ha aperto la porta.

- Che sorpresa, ciao Elizabeth!

- Ciao Mery!

- Mi spiace che sei stata confusa, spero che tutto va bene.

Li hai spegato Maik tutto? – ha chiesto Mery un po vergognata.

- Si tutto, tutto!

- Ragazzi sono contenta per voi!

- La mia valigia!? Lo lasciata di la!

- Eliz tranquila, e qui l'ho preso io, ho pensato che è giusto cosi.

- Oh grazie mille Mery. Scusami per questa confusione, mi vergogno .

- Ma no che scusa, chiunque l'avrebbe capito male, anch'io. Allora ho preparato qualche aperitivo e ho ordinato la pizza, tra un po' deve arrivare. Ah, io stasera vado da Shaila, rimango la.

- Nou, perchè devi andare?

- Eliz, siamo grandi no, stasera avete bisogno di stare insieme voi due.
- Si ma non ci dai fastidio.
- Nou che stai dicendo, non vai da nessuna parte; ha detto Maik.
- Infatti, Stai con noi Mery, ci farai piacere; aggiunge Elizabeth.
- Davvero?
- SI, perchè no, vero Maik?
-Ragazzi stasera no, voi dovete essere soli, avete tante cose da discutere, domani prometto. Ok.
- Pero mangia con noi per favore.
- Ok Eliz , ma solo mangio, non insistere più.
- Va bene. Guardate ho portato una cosa per Maik la assaggiamo tutti.
- Wou, formaggio e vino, le mie preferite. Grazie amore!- grida Maik.
 Un suono in campanello , e arrivata la pizza.
- Apro io deve essere la pizza; corre verso alla porta Mery.
- O DIO mio, ho dimenticato di scrivere un messaggino a mio figlio. Lo scrivo subito:
Eliz – *" Ciao Leo. Va tutto bene. Non preocuparti, sto bene. Non dire a nessuno niente su di me Ok? Ciao."*
- Eccomi qui, ti do una mano Mery?
- No, tu sei un ospite!
- Eh già!
- Dai che tutto e pronto siediti Elli. Posso chiamarti Elli?
- Certo Mery, chiamami come sei comoda!
- Allora belle ragazze buon appetito!
- Adesso fai un brindisi Maik per l'arrivo di Elli.
- Si certo:" *Per una nuova vita e per una nuova famiglia. Voi siete la mia nuova famiglia, persone più care che ho."*

Hanno assaggiato il vino in grande silenzio. Dopo questi parole di Maik li brillavano le lacrimucce negli occhi, erano parole forti che rimangono per sempre nel cuore. Perchè queste parole sono state dette dal cuore, e hanno il suo grande valore, non sono solo parole.

Questo silenzio venì rotto da Mery:

-Mmm, che buono è anche il formaggio, squsito.

Sono molto veloce a mangiare , dopo di che hanno finito Mery vuole andare.

- Ragazzi io vado poi faccio tardi, ci
vediamo domani.

- Mery tu domani torni acasa? – si preoccupa Maik.

- Certo, a domani ! Buonanotte ragazzi, chiudo da sola!

- Ciao Mery! – la sta salutando Eliz.

Maik finisce di mangiare con calma.

- Ha già finito! Ti aiuto a mettere tutto a posto e poi vediamo cosa facciamo.

- Ok d'accordo. Però te lo dico subito che non ho voglia di uscire Maik.

- Anch'io tesoro mio, sono stanco.

- Allora stasera stiamo a casa io e te? – li risponde furbetta Elizabeeth.

- Sii piccola stasera a casa!- e si avvicina a Elizabeth abbracciandola e baciandola con una grande delicatezza e dolcezza.

- Maik devo finire di lavare i piatti.

- No devo finire io quello che ho iniziato; e sta la accarezza come una tigre furiosa che si gode la sua preda.

È un spettacolo quello che succede, dal tavolo cade tutto giù per terra nessuno non se ne accorge, siccome non succede nulla. Loro due sono un complotto selvaggio, pazzi, affamati d'amore. Il Ballo d'amore è iniziato in cucina ed è finito in corridoio, però è solo un tipo di ballo. Si amano veramente con una grande passione, *è un amore puro e bello senza confini.*

- Eliz mi sei mancata molto. Non sono capace di spiegarti quanto mi sei mancata! Questi tre mesi sono stati come tre anni per me.
- Anche per me. Mi sembrava che non ti avrei più vista dall'ultima volta che ci eravamo incontrati...
- Però il destino ti ha portato indietro.
- Eh già, hai ragione Maik credo che è proprio il destino.
- Sai quando sei andata quella volta e mi hai lasciato il biglietto sul cuscino, ho pensato che non ci saremo più visti.
- Perché Maik? Non ti è piaciuto?
- No, mi è piaciuto nemmeno ho
sofferto l'attacco di panico, però mi è rimasto un guasto.
- È un modo speciale di non traumatizzare le persone che soffrono cose del genere.
- Davvero?
- Si ho pensato per il tuo bene.
- Grazie Eliz, sei meravigliosa come sempre sei all'altezza. Mi spiace per te che non ti hanno aprezzato per davvero .
- Grazie a te amore mio, sei tu che mi hai fatto sentire una Regina. Ricordati Maik , per fare felice una persona non serve riempirla di regali, basta semplicemente farla sentire importante tutti i giorni. Adesso devo andare mettere a posto quello che abbiamo combinato in cucina.
- No amore che dici mica voi andare adesso a fare le pulizie, guarda che qui non sei obbligata, tu non sei una serva. Lo faremo insieme dai non adesso. Sai ti voglio chedere un favore.
- Dimmi tutto tesoro.
- Mery credo che abbia bisognio di te per
qualche consiglio.
- Certo , quando vuole, ci sono sempre.

- Ok lo dico con Mery che puo contare su di te.

- Certo Maik, senza'altro.

- Eliz vado a fare la doccia, sono stanco mi rinfresco un po Ok?

Mentre Maik faceva la doccia Elizabeth ha messo apposto la cucina.

Dopo di che ognuno ha fatto le sue cose si sono messi a chiacchierare su diverse tematiche. Però Maik ha visto che Elizabeth non parla mai di suo marito, e ha deciso di chiedere da solo quello che li interessava.

- Gioia mia, ma tu no mi hai mai parlato niente di tuo marito. Lui sa che tu sei qui?

- Maik lui non lo sa che io sono qua nei SUA, però no mi fa piacere parlare di lui.

- Ma lascia perdere lui non ti merita! Una donna come te non aprezzarla con tutto quello che tu fai è un peccato. Deve avere disturbi mentali quello li.

- Amore ogni uno ha le sue scelte nella vita.

- A proposito di scelte, cosa fa lui nella vita?

- Lui lavora nel mondo dello spettacolo.

- Mmm cosa fa di la, un comico oppure un assassino?

- Beh è un presentatore tutte queste cose, diciamo come li chiamano adesso.. show men.

- Lui è bello? – chiede incuriosito Maik?

- Sii come uomo è bello, intelligente anche sportivo, una volta faceva pallavolo. Ha un bell fisico tutto che deve avere un uomo. Però...

- Alora lo ami ancora Elli?

- Nooo, non lo amo più, l'ho amato molto , ma lui ha distrutto il mio amore, da questa parte stai tranquillo.

- Però potresti lasciarmi per lui? Comunque è padre di tuo figlio?

- No tesoro mio, io non torno più da lui.

Anche se dovrei lasciarmi con te io non torno da lui mai pù. Lui ha bisogno di una schiava, quello che ha fatto questi anni con me. In quella prigione non torno. Voglio essere una persona libera, invece a lui piace tanto commandare.

Mi piace essere uno spirito libero molti questo non piace, ma questo è ciò che sono. Cosi sono io. Lui ha un carattere orribile , insopportabile e questa è la peggior parte di lui. Una persona che non rispetta nessuno e nessuna opinione degli altri, non ti fa parlare mai, solo lui ha ragione perciò lui è un egoista.

- Cosa puoi dire tu come psicologa di lui, magari aveva bisognio di cure?
- Come psicologa potreì dire tanto per rispetto che è padre di mio figlio non lo farò.

La scienza ne parla cosi; una persona che da bambino aveva il desiderio di commandare altre persone e per qualche motivo non riusciva, oppure era umiliato per difetti fisici e non poteva in quel momento vendicarsi, sfogarsi per la sua impotenza fisica, queste persone diventano problematiche cioè hanno la trauma psicologica. Queste persone vivono sempre con questo trauma e nel futuro loro si sfogano con altri, che sono fisicamente meno stabili di loro, moglie, bambini, persone che con il grado di inteligenza sono più basse, rispetto a loro e sempre attaccano più deboli di loro. In conclusione sono persone che hanno bisogno di cure psicologice a un certo punto possono essere e diventare anche pericolose. Questo spiega la scienza in psicologia.

- Tutto chiaro. Elli, ma perché hai detto se dovremo lasciarci?
- Perché dobbiamo essere sinceri e guardare la verita in faccia!
- Tipo? , non ho capito scusami.
- Maik tu sei giovanissimo, potreì inamorarti di nuovo, oppure un'altra ragazza potrebbe inamorarsi di te. Questa è la

vita e succede di tutto. Ma ti prego una cosa, se dovresti inamorarti di nuovo me lo dici senza qualche dubbio.

- Io già sono inamorato di te, ho capito questo quando scrivevamo dei messaggi. Io pensavo sempre a te , guardavo le tuo foto sul profilo, non potevo mangiare, dormire senza non pensare. Poi non potevo concentrarmi sul lavoro, venivo acasa volevo vedere te, io avevo la fidanzata ma no m'interesava, solo sesso volgare e basta. Io non ho nemmeno corso dietro di lei. Come successo con te, ha visto i messaggi che mi scrivevo con te e si è arrabbiata, ma io non ho detto nulla, non ho promesso che mi sposo, stava con me che mi faceva compagnia diciamo cosi, poi dall'inizio abbiamo preso un accordo, che non ho nessun obbligazione con lei faccio quello che mi pare. Io avevo un difetto che non riuscivo andare avanti , avevo bisogno di cambiare urgente tutto, quello che ho fatto. Delle ragazze ho avuto tantissime, anche adesso ci sono mi chiamano a volte per fare sesso, non tutti sanno che io sono fidanzato con te. Io con loro non ho fatto mai una chiacchierata. Noi ci siamo incontrati e conosciuti dopo di che io ho capito quando erò tornato a New York che mi si era rotto il cuore a metà. Tutto questo provo per la prima volta – e questo è amore vero.

 Credimi Elli, vorrei passare tutto il resto della vita con te. Promettimi che non mi abbandonerai, io davvero penso questo, che un giorno mi lascrai e io non resisterò.

- Tesoro come posso abbandonarti, io non hai dimenticato che sono qui per te.

- Scusa Elli, una domanda indiscreta, ma come facevi l'amore con il tuo marito se tu non l'amavi?

- Beh diciamo che questa domanda no mi fa tanto piacere rispondere, però che tu non abbia dubbi ti racconto l'ultimo amore che avevamo fatto. Iniziamo che da anni non ho voglia di fare l'amore con lui, perché anche qui è un egoista si fa solo i propri piaceri e basta non li interessa se tu hai voglia di fare quel maledetto sesso oppure non hai voglia. Se tu non hai voglia di fare lui usa te, non li interesa nulla a lui sa quello che vuole. Dopo un compleanno di un suo amico arrivati acasa ha iniziato ad usarmi , non bastava che era ubriaco, voleva quello che voleva... È finita male, mi ha picchiato fin alla fine. È sempre cosi stato, per anni ho dovuto sopportarlo, prima per mio figlio che non volevo che fosse senza papà, e secondo che ho avuto paura di essere giudicata. Ma adesso me ne frego di tutto no m'interessa nulla se dovrei vivere solo un giorno vorrei viverlo cosi come lo sto vivendo adesso con te. Allora a questo capitolo punto,ti ho detto tutto che dovevo dire, promettimi che non mi chiedi più di questa persona. Tutto questo mi porta negli anni del passato e mi fa tanto male. Sono stata inamorata di una persona che non mi amava, aveva bisogno solo di una serva come me e basta. No mi sono sentita mai una donna che era amata dal suo marito, mai. Ecco a punto, finito questo discorso che mi da un grande fastidio.

- Piccola scusami, sono io stato troppo curioso. Prometto, non ti chedo mai del tuo passato. Ok.

- Va bene, d'accordo.

- Adesso io ti do un bacio, vieni, vieni amore mio anche tu mi hai cambiato la mia vita. Non voglio pensare neanche che verra il giorno in cui dovrei

perderti. Sei la mia bambolina. Adesso faremo una vita normale e tranquilla piena di emozioni positive, si si. Questa coppia inizia la loro prima notte magica tra baci, abbracci e parole d'amore come fidanzati ufficiali. La loro felicità e talmente grande che non si può spiegare con le parole, solo si può capire dopo come si amano, come se fosse l'ultima volta nella loro vita. E questo è molto bello.

- Grazie piccola, per la bella serata che mi stai regalando, un emozione del genere non ho mai provato. Sei davvero speciale.

- Anch'io ti ringrazio. Se no mi mandavi quell messaggio ero ancora nell incubo. Sono molto stanca, ma felice. Vorrei riposarmi.

- Infatti credo che è il momento giusto per dirti "buonanotte piccola".

- Tesoro mio buonanotte.

La notte calda è passata. Mattino, Maik quando ha aperto gli occhi è stato chiaro che è in ritardo. Correva come un matto, quando è entrato in ufficcio tutti lo guardavano con gli occhi grandi, perché lui non è mai andato al lavoro in ritardo, era molto preciso. Hanno capito tutti che c'è qualche cambiamento nella sua vita.

Invece Elizabeth si è alzata al mezzo giorno. Ha messo la casa in ordine e ha deciso di pensare una sorpresa per Maik, per lei il tempo passa molto lento, guarda l'orologio cento volte, non ha la pazienza che torna Maik a casa. Finalmente è l'ora lui è tornato a casa.

- Amoreee! Sono tornato! Ciao tutto bene? Mamma mia che cambiamenti! Perché stai tribulando?

- No non sto tribulando Maik, ma anche far niente non è bello, neanche giusto.

- Pensa che sono andato al lavoro in ritardo con un'ora. Che vergogna non mi è mai successo. E Mary non è arrivata ancora?

- No, non e arrivata.

- Strano,pensavo che fosse già acasa. Ok cosa dici ci prepariamo per uscire per cenare?

- Ok, dove andiamo?

- Non so nemmeno io, vediamo.

Eliz però è molto meravigliata che Mery non è tornata. Cosi ti faceva un po di compangnia, strano. E poi che non risponde al cellulare, molto strano.

E passata già una settimana da quando Elizabeth è insieme a Maik, quasi tutti giorni parla con suo figlio, per essere sicura che vada tutto bene. Per adesso Elizabeth è molto tranquila, si sta abituando con una nuova vita e con un nuovo mondo, le manca molto il lavoro e i suoi pazienti, la sua amica e certo anche suo figlio. Però con la grande pazienza va avanti perché ha scelto questo cambiamento della vita e l'ha accetata. Con tutta la nostalgia che aveva si ricordò che doveva arrivare Mery . È mattino Maik si prepara di andare al lavoro .

- Ciao amore! Vai già?
- Si sono pronto di andare. Perché ?
- Mery non ha chiamata, non si è fatta viva, Maik sai qualcosa? Volevo ricordarti solo che...
- Che cosa Eliz?
- Non mi hai detto che la dobiamo tenere d'occhio...
- Oouu cavolo Mery! Hai ragione amore, sicuramente si è drogata di nuovo. La chiamo io Elli , sei perfetta! Grazie!

La giornata inizia con la preoccupazione Elizabeth aveva una'ansia e non capiva perché l'aveva. Nella mente passavano certi pensieri. Al pomeriggio suona il telefono, è Maik.

- Ciao Elli , arrivo in ritardo!
- Che successo Maik?
- Mery, Mery e sparita!
- Ma come è sparita, che stai dicendo?
- Ho chiamato Shaila perché Mery non risponde al telefono.
- E allora?

- Al secondo giorno doveva tornare a casa, da noi l'ha detto con Shaila, però non è più tornata, e nessuno dei miei amici la vista più. Con tutti ha detto che torna da noi.

- E adesso cosa facciamo Maik?

- La dobbiamo cercare Elli non posiamo lasciarla che prima combina qualcosa. Ho paura che ha iniziato di nuovo a drogarsi, oppure se ne andata di nuovo con il suo ex. e finirà male.

- Maik tranquilo non succedera niente, prova chiamarla ancora.

- Va bene ci sentiamo più tardi. Ciao.

- Ok, Ciao!

Finita la giornata di lavoro, Maik va in giro per la città cerca da per tutto dove potrebbe essere, ma inutile. È rimasta l'ultima speranza, un posto dove lei non andava mai un parco piccolo fuori città, ma chi sa magari lo trova, di la ci sono tanti disperati che vanno a cadere come preda per i spacciatori. Maik va con la speranza di non trovarla proprio qui, non c'è da fare l'ha vista da lontano. Lui si avvicina ma nessuno non li da attenzione, Mery sta sulla panchina abbracciata al suo ex.

- Ciao Mery, cosa stai facendo qui?

- Ciao, chi sei?

- Mery che cazzo fai? Perché non sei tornata acasa. Tu hai promesso!

- Ah Maik sei tu? Ciao, non ho promesso niente, che stai dicendo ?

- Mery tu hai promesso che tornavi a casa . Guardami negli'occhi. Sei drogata, ma cosa stai facendo? Tu mi hai promesso che non torni da lui è non ti droghi più!!!

- Lasciami stare! Non voglio!

- Lasciala stare, no senti cosa ha detto?- salta furioso il suo ex.

- Ma tu che cazzo voi, non metterti di mezzo, vai via subito,se non vuoi che ti ammazzo di botte io ti denuncio se ti avvicini ancora una volta – il suo ex. se ne va.

- Maik lascialo!

- Mery, dai andiamo, alzati! Hai visto se ne frega di te! E scappato!

Maik la sta tirando, Mery non vuole andare, Maik la sgrida la sta portando in macchina. Mery non sa che fa e cosa dice, sta urlando come una matta. Sono arrivati acasa, Maik chiama Elizabeth.

- Ellii siamo arrivati!

- Che successo Maik? O DIO dove l'hai trovata?

- Stai male Mery?

- Pensa te, era nel parco con suo ex. immagini?, era con quel stronzo.

- Mery stai male?- grida spaventata Elizabeth.

- Dimmi qualcosa, ti portiamo all'ospedale?

- Nou Eliz, no, non voglio all'ospedale! Prometto che faro la brava.

- E se stai male cosa faciamo ti deve vedere il dottore non si scherza

Io non mi prendo le responsabilità Mery, io ti lo dico come dottoressa dobbiamo chiamare l'ambulanza.

- Eliz vado chiamare il pronto soccorso.

- Ok Maik, io sto con Mery tu vai pure.

Sono arrivati dal pronto socorso, hanno portato via Mery. Per un giorno Mery è stata in ospedale, l'hanno desintossicata, Elizabeth è stata con lei. Il secondo giorno sono arivati acasa. Mery erà molto megliorata. Maik è arrivato per prenderle e portarle a casa. Il dottore ha consigliato a Maik , che Mery deve avere tranquilita totale.

- Mery ciao! Ti trovo molto bene!

- Ciao amore, come va? - li sta salutando Maik.

- Ciao, ma si tutto va bene - risponde Elii.

- Ragazze dobiamo andare, ho ordinato una bella cena acasa per voi.

- Grazie amore come sempre sei straordinario.

Dopo che hanno fatto la cena Elizabeth è andata per farle vedere la stanza dove starà Mery. Prima di tutto Elizabeth ha provato di spiegare ad Mery che sta passando un periodo difficile e avrà bisogno di un supporto e senza qualche dubbio quando vuole può parlare dei suoi problemi oppure fare qualche altro discorso.

- Mery ti saluto, ti dico buonanotte.

- Grazie Elli, sei veramente speciale io vorrei ringraziare te che sei stata vicino a me in ospedale e in generale. Oggi vorrei riposarmi un pò, ma domani voglio fare un discorso con te, se tu hai voglia.

- Certo.

- Buonanotte Elli.

- Notte cara.

Dopo questa giornata molto pesante Elizabeth va anche lei a riposare, Maik la sta aspetando nella loro stanza. Tutte due sono preoccupati .

- Amore tutto apposto?

- Si tutto bene, Mery sta meglio.

- Eliz vorei chederti un favore, domani magari parli un po con Mery, avrà qualche cosa da dire, cosi si calma un pò.

- Certo, già siamo d'accordo. Sono anch'io stanca Maik buonanotte amore mio, un bacione.

- Gioia mia un bacione anche a te.

E mattina come solito Maik va al lavoro. Questo è il primo giorno da quando Mery sta insieme ad Eliz e Maik. Eliz ha preparato colazione dopo di che ha proposto ad Mery di fare una passeggiata nel parco. Questa idea meravigliosa è piaciuto a Mery. Prima domanda che Eliz la fata e stata:

- Come hai dormito?

- Mi sono riposata abbastanza bene, però ho dolori da per tutto. Elizabeth vorrei dirti una cosa, perché mi sento molto in colpa.

- Ei che ti è successo? Perché piangi? Siamo uscite per distrarti un po non per stare male.

- Sii lo so ma comunque ti devo dire le cose che mi fanno male dentro al cuore, anche se non ho tanta volglia di parlare.

- Sai se non hai voglia di parlare non parlare, fallo quando te lo senti.

- E proprio ora che me la sento, però mi vergogno.

- Ma no, non dire stupidate. Di che cosa ti vergogni? Guardami negli occhi , ti dico una cosa; non vale la pena rovinare la vita per qualcuno. La nostra vita è unica per questo devi essere più forte e coraggiosa, per combattere tutto, ogni difficoltà deve essere lasciata indietro. Poi drogarsi per dei problemi, è uno sbaglio abbastanza grosso. I problemi sono per risolverli non per lasciarli alle spalle. Se poi spiegare perché hai fatto così io ti ascolto.

- Cosa posso spiegare, mi sono drogata per dimenticare i problemi, ma tu hai ragione, non mi merito tutto questo, poi in più problemi che non si risolvono, solo la vita te la rovinano.

- Guarda Mery, vorrei dirti una cosa che è molto importante nella vita: *"Noi umani siamo le bestie più forti della natura"* e non c'è niente più forte di noi in questo mondo. Se noi abbiaamo la *"voglia di fare"* siamo in grado di vincere tutto in questo mondo, capisci? "tutto"; le malattie piu deboli, e quelle che non guariscono, e quelle che ancora fino ad oggi non ci sono cure e non si sa quando ci saranno. Quelle emozioni che ci fanno stare male, le guerre, e la fame il corpo umano è pronto per vincere tutto questo. Mettiti in testa questa frase e vedrai che ti servirà.

- Grazie Eliz, davvero sei una persona fantastica, meravigliosa. Aveva ragione Maik, adesso capisco perché lui si è innamorato di te. Tu hai una magia nella tua voce, nelle tue parole. Non so come hai fatto però già mi hai datto una forza incredibile. Adesso davvero ho tanta voglia di fare, mi hai fatto pensare.

- Mery non ringraziarmi non ho fatto nulla per te, solo abbiamo parlato dieci minuti. Adesso prendiamo un po d'aria fresca, ti farà stare molto meglio. Se vuoi chiedermi qualcosa chiedi pure, se no ne parleremo più tardi, oppure quando avrai tu voglia.

- Certo, Eliz però vorrei dirti che tu hai scelto la tua proffessione giusta sei una donna proprio creata dalla natura con queste capacita, poter dare forza alle persone deboli, solo con le parole. Grazie ancora, ti voglio abbracciare.

- Dai, di niente sono contenta che ti piace la mia compagnia, stasera quando arriva Maik andiamo a divertirci un pò, d'accordo?

- Altro che compagnia!- ride Mery.

Sono uscite a fare una passeggiata Elliz e molto passionata dello shopping, ma è anche una buona terapia per le donne. È questa occasione Mery con Elizabrth non la perderanno.

- Mery entriamo in qualche butic, vorrei rinovare un po il mio look. Mi piacerebe che tu mi aiutassi con qualche consiglio, devo cambiare lo stile.

- Wou yes! Super l'idea! Mi piace!

- Mery, però mi prometti che mi dici la verità.

- In che senso scusa?

- Ma sai che non sono tanto brava con lo stile e tutto quanto.

- Ok Eliz! No, ma tu ti vesti bene, che dici!

Sono passate in tutti negozi che erano nella strada, si sono divertite un sacco, misurando tutti i tipi di vestiti, quando si sono accorte era l'ora del pranzo. Senza pensare tanto hanno fatto il pranzo in giro, dopo di che di nuovo la shopoterapia, comunque oltre questo non hano altri impegni. Alla fine hanno passato una bellissima giornata era proprio il tempo di andare acasa.

- Wou Elliz sono alle 18.00 Maik deve essere già a casa.
- O mio DIO hai ragione!
- Eliz, ma con te il tempo passa in un'altro modo, siamo uscite per una boccata d'aria fresca invece adesso è già sera.
- Eh già, ma Mery non abbiamo da fare niente! Io non lavoro mi piacerebbe, però come faccio? Anche tu non lavori? eh allora dobbiamo in qualche modo passare il tempo. Vero?
- Sii hai ragione tu Eliz: - ha risposto con tristezza Mery.
- Che c'e, perche sei diventata triste? Ti ho chiesto qualcosa di male?
- NO-no per lavoro che appena lo perso e adesso non so come fare.
- Mery, ma come hai perso il lavoro che è successo?
- Beh non parliamo adesso di questo non voglio ricordarmi nemmeno. Domani ti racconto.
- Ok Mery, ne parleremo domani con calma perche oggi ci aspetta una bellissima serata sei d'accordo?
- Certo, perché no? Senti Eliz, mi immaggino la faccia che ha Maik quando non trova nessuno a casa.
- Eh già, mi immaggino; ha detto Elizabeth con ironia.

Tornate acasa piene di energia e molto serene suonano il campanello, Maik aprì la porta spaventato con gli occhi grandi.

- Oou shit, ragazze, ma dove siete state.
- Amore sei stato preocupato?
- Ooou preoccupatissimo! Arrivo acasa nessuno non mi aspetta, non so cosa pensare.
- Ciao Maik!

- Ciao Mery! Stai bene? ti trovo molto serena sei diversa da ieri, ti vedo molto calma. Bravissima! Ti trovi bene con Elizabeth?

- Certo, poi Elizabet è una meraviglia, e fantastica, stupenda se devo dire solo un aggettivo, direi che è una "super girl"! Sai Maik, io ho capito solo adesso perché tu hai scelto come compagna della tua vita Elizabeth – è una *Grande Donna* lei. La devi aprezzare.

- Mery mi fai una grande piacere sentendo queste parole, ti ringrazio.

- No, ho detto solo che cosa penso e quello che sento. Ieri io desideravo andarmene da questo mondo. Invece oggi io sono piena di vita e sto sognando di nuovo belle cose solo grazie a lei.

- Allora Elizabeth hai trovato un'amica?- sta dicendo con ironia Maik.

- Si può dire anche cosi siamo diventate più amiche con Mery.

- Cosa avete fatto ragazze oggi di bello?

- Eeeehh di tutto! Io e Mery siamo uscite per una mezz'oretta fuori per respirare un po d'aria fresca . Hai capito amore?

- E quindi ?

- E quindi ci siamo perse nel mondo dello shopping, tesoro mio.

- Mmm mi immaggino!

- Amore io con Mery abbiamo una proposta, di andare stasera a fare la cena fuori dopo di che finire questa serata in un bell locale, perché siamo al inizio del weekend.

- Che bella proposta non può esistere di meglio siete bravissime vi adoro a tutte due. Allora preparatevi!

Le ragazze si sono preparate velocissimo, ma quando è uscita Elizabet Maik è rimasto a bocca aperta. Come dire era un'altra persona . Lui la guardò e non sapeva cosa dire, li mancavano le parole. Non era quella Elizabeth elegante, davanti a lui era una ragazzina con il look cambiato. Anche Mery la guardava meravigliata, e sta guardando Maik.

- Maik! Svegliati! Che succede?
- Beh, non so che dire, un'altra persona!
- Allora siamo pronti tutti! andiamo:- dice Elizabeth.
- Amoree sei stupenda come se fosse un'altra persona , non ti conosco nemmeno.
- Grazie Maik sei molto gentile.

Sono usciti di casa, davvero Elizabeth con la sua siluet era stupenda, vestita molto giovanile sembrava una ragazzina. Dopo una bella cena se ne sono andati in un club di notte per divertirsi, Eliz aveva voglia di ballare, e da tanto che non aveva ballato, amava molto ballare perché da ragazzina ha fatto la scuola di ballo, anche questa era una delle passioni di Elizaneth, infatti c'è lo ha dimostrato stasera. Tutta la sera hanno ballato e si sono divertiti, Maik di nuovo era stupito. Dalla gioia che aveva per la sua amatissima ELLI le sue emozioni sono saltate fuori dicendole: "No mi dire che sei anche una ballerina?"

- Una volta ho fatto anche danza: - ha risposto orgoliosa di se Elliz.
- Anch'io ho fatto danza:- aggiunge Mery.
- Eeeoo, ma qui sono arrivate tutte balerine!
- Infatti, Mery per me è proprio una sorpresa che tu hai fatto il ballo.
- Si si, ho fatto il ballo professionale, però ho smesso.
- Come mai hai smesso? La danza proffessionale è molto importante Mery.
- Eh già, Mery non solo ballare ha smesso, ma anche l'universita ha lasciato. – aggiunto Maik.
- Noo Mery come, hai smesso anche l'universita? Non ci credo proprio.

- È vero. Ha fatto tutto questo per il suo amore!- risponde Maik.

- Veramente? Va bene ne parleremo domani non roviniamo la serata.

- Direì anch'io: - aggiunge Mery. Si balla!!!

Cantava una canzone legendaria con una grande storia che ognuno di loro si ricordava qualche cosa in particolare, ad esempio Eliz si è ricordata quando era studentessa, il suo primo amore. Famosissima canzone di Bon Jovi "Is my life" li ha portati tutti nel passato. Invece in presente Eliz e Maik hanno ballato molto sensuale e molto erotico. Questa canzone ha ricordato a tutti qualcosa di bello della loro vita, perché questa canzone appartiene a tutte le generazioni e porta un messaggio fortissimo fino al presente. Si sono divertiti alla grande, è il momento giusto di andare a casa i ragazzi sono felicissimi e pieni di serenità. Arivati a casa negli loro occhi la luce di gioia brillava ancora. Si sono dati la buonanotte e ognuno è andato nella propria stanza. Maik ed Elizabet non avevano ancora sonno, parlavano del futuro e dei proggetti. Elizabeth con grande dispiacere ha detto che vorrebbe lavorare, non fa parte delle donne che le piace far niente. Comunque Maik la tranquilizza.

- Eliz non preocuparti per questo devi imparare la lingua bene, ma perché questa fretta? Hai tutto il tempo che voi per studiarla bene. E perché non ti riposi un po hai sofferto anche tu, hai bisogno di stare calma.

- Sii è vero Maik, ma sono abituata.

- E presto ancora ti devi riprendere. Ok ?

-Va bene amore se lo dici tu mi fido di te.

Dopo queste parole Maik non ha resistito più, è impazzito, nei suoi occhi quella luce brillava ancora la guardò dritto negli occhi. In questo momento Maik desiderava solo una cosa fare l'amore con ELLI. Baci e carezze da per tutto. Fra questi due era nato un amore puro, sincero, costruito di sentimenti forti. Erano belli da vedere, loro due erano da invidiare.

 Dopo questa notte dove cantavano gli angeli e la luna insieme alle stelle erano i loro testimoni . Passati 3 mesi insieme a Maik. Ogni giorno vissuto come in paradiso. Elizabeth era migliorata in tanti sensi e momenti dove aveva difficoltà. Maik provava sistemarla con il lavoro. È successo che ha parlato a un suo amico come Elizabeht ha fatto un percorso con Mery e tutto è andato bene, un bel risultato. Il suo amico è stato molto impressionato di Eliz e quello che è successo con Mery, quello che li interessava era risultato di Mery.

Ha raccontato una storia terribile che ti faceva stare male, suo figlio soffriva un tumore che non era curabile. Stanno tribulando da tanto tempo, il dispiacere più grande è che il bambino si è riffiutato di cure e da qualche giorno non mangia, cosi lui ha deciso di morire più veloce. Lui ha chiesto gentilmente ad Maik se e possibile che Elizabeth prova fare un discorso con suo figlio per convincerlo almeno mangiare. Niente di difficile li ha detto Maik, dopo di che ha raccontato tutta la storia con Eliz. Non ha pensato tanto Eliz subito a deciso di andare e quando andare. Sono stati fatti accordi con i genitori, secondo giorno lei va a trovare questo ragazzino di 15 anni che è disperato nella vita. Innanzitutto i genitori lo hanno preparato perché lui non vuole vedere nessuno e non esce dalla sua stanza mai. Elizabeth si è preparata bene per questo incontro è arrivata a casa loro, ha portato per gentilezza un regalino era una tartaruga piccola. Prima ha cunosciuto i genitori del bambino è il momento di conoscere il ragazzino ha grandi emozioni, sta bussando alla porta...

- Avanti .(Elizabet entra nella stanza)

- Ciao! Come stai? Io sono Elizabeth!
- Ciao, io sono Antony. Perché sei qui? Chi sei?
- Ti ho portato un regalino.
- A me, ecco vediamo?
- Una tartaruga per la scrivania, dicono che porta fortuna e speranze.
- Beh, nel mio caso di sicuro che non mi porta niente. Però è bella.
- Grazie!
- Non dire cosi, la speranza non muore mai.
- Eh già, nel mio caso è morta da tanto tempo. E allora perché sei qui?
- E per farti un po' di compagnia, per condividere due parole con te. Sai anch'io pensavo come te una volta, però il tempo guarisce tutto.
- Anche tu sei malata di cancro?
- No, io non ho cancro, avevo qualcos'altro che fin'ora i medici non hanno trovato come curare questa malattia, non c'è nessun farmaco. Però sono riuscita con i miei poteri ad andare avanti e passare sopra tutto quello mi faceva stare male.
- Non ho mai sentito una cosa del genere, interessante. Ma chi sei tu nella vita e come sei arrivata qui?
- Il tuo papà lavora insieme a mio compagno cosi ho saputo di te.
- Io sono una psicologa nella vita.
- No- no, niente psicologi.
- Non hai capito, sono nella vita, ma non lavoro.
- Sono qui per conoscerti, perché una volta avevo anch'io le stesse teorie come te. Però scusami è stato un errore venire qua. Facciamo finta che non è successo niente, ok? Ti saluto, stammi bene mi raccomando. Scusa per il disturbo.
- Va bene, ciao Elizabeth!

- Ciao Antony! Buona giornata!

Elizabeth sta parlando con i genitori di Antony, consigliando come comportarsi con lui per il futuro.

- Adesso dobbiamo aspettare qualche movimento dalla parte del ragazzo.

- E se non ci sarà? può essere anché cosi?

- Tranquilli, il movimento ci sarà, dovete avere la pazienza voi, ok? Un movimento da parte del ragazzo ve lo garantisco 100%. Vi saluto, e vi auguro una buona giornata.

Elizabeth era molto contenta di aver conosciuto questo ragazzo. In questo modo non rinuncia al suo lavoro che ama molto. I Genitori di Antony erano molto attenti con tutti i movimenti del loro figlio. La prima domanda di Antony è stata: " Perché l'avete portata qua?"

- Non l'abbiamo portata, dopo un discorso fatto insieme a lei, aveva desiderato di conoscerti. Noi non eravamo capaci di riffiutarla, per la gentilezza l'abbiamo invitata, tutto qua.

- Io ho detto chiaramente non voglio cure e discorsi con nessuno.

Invece non era cosi dopo il loro discorso Antony aveva un terremoto nel suo cuore, era molto curioso cosa potrebbe fare questa signora per lui. Però la più grande curiosità era sapere che malattia aveva Elizabeth. E poi quel tartarughino regalato, porta *fortuna e speranze,* non ci crede proprio. Dal loro incontro è passata una settimana, tutto questo tempo Antony ha pensato di invitare ancora una volta Elizabet a casa loro, troppe cose voleva sapere lui da questa Dottoressa. Per non perdere tempo subito ha parlato con i genitori per invitare Dott.-sa Elizabeth per un appuntamento con lui. Sua mamma era contentissima saltava come una capretta dalla felicità, perché questo già era un passo avanti. A chiamato subito Elizabeth per dire che aveva ragione e se ha piacere per fare un altro incontro con Antony. Sono d'accordo per il prossimo giorno. Il ragazzo era contento che avrà posibilità di nuovo per discutere con Elizabeth. Elizabeth quando è arrivata subito ha notato cambiamenti.

- Ciao Antony! Come stai?

- Ciao Elizabeth. Ma solito.

- Allora mi ha detto tua madre che hai voluto parlare con me. È vero?

- Si, ma cosi una chiacchierata, non che vorrei cambiare il mondo. Mi sei sembrata una persona interessante, però scusi se ho creato disturbi.

- No, no che disturbi stai scherzando? Io sono disponibile sempre, mi puoi chiamare quando voi.

- Sai devo essere sincero, tu mi hai colpito. Comunque tu sei una persona speciale, per questo ho scelto te fammi un po di compagnia.

- Grazie, molto gentile da parte tua. E di che cosa voi parlare ?

- Proprio di te.

- Di me?- ha chiesto con ironia Elizabeth.

- Si di te, perché no?

- Certo, ma perché di me , cosa t'interessa?

- Io credo che avrai tante cose belle da raccontarmi, credo anche che ti farebbe piacere parlare con me. No? La prima domanda che ti farei è:

-Tu sei felice?

- Si certo.

- Tu sei innamorata?

- Sii sono innamorata.

- Tu hai un segreto?

- No non ho un segreto...

- Tu hai qualche speranza? Dimmi un po, a che cosa speri? A me sembri triste, perché?

- Beh sono cose private, non so come risponderti. Sono innamorata e felice, però nell'anima ho anche tristezze. Anch'io sono una persona come tutti con dei difetti e problemi. Ma perché queste domande?

- Elizabeth sai che io ho deciso di morire?

- Eh? credo che sia uno scherzo!!

- No, non è un scherzo. Io sono malato ho un tumore e non guarisce sono stanco delle cure, dei medici e delle medicine per ciò ho deciso di andarmene sono stufo di far tribulare ai miei genitori hanno diritto anche loro di vivere senza preoccupazioni.

- Eh, allora?

- Basta con tutte queste cure senza risultati. Non c'e guariggione. Vivo con la speranza, ma la speranza non c'e.

- Ascolta la speranza sempre c'e, perché la speranza non muore. Io direi che ognuno di noi decide per se stesso, però non dimentichiamo che i nostri cari sono sempre accanto non meritano di essere trattati cosi. Anche loro hanno diritto di sapere e participare nella nostra vita. Sei d'accordo con me?

- In fatti, hai ragione tu Elizabeth.

- Allora Antony io devo andare, scusami ma facvio tardi.

- Mi ha fatto tanto piacere, quando ci vediamo ancora?

- Di sicuro non posso dirtelo, però quando voi tu.

- ELLI posso chiamarti cosi?

- Certo!

- ELLI ti devo dire che mi piace veramente parlare con te, sei speciale e vorrei continuare i nostri incontri, terapie, chiamale come voi tu.

- Sii certo, posso sapere perché hai deciso cosi?

- Perché fra qualche mese io non ci sarò, quindi vorrei passare il resto del tempo come desidero io, direi in un modo speciale. Sei bella, sai?

- Non mi piace questa cosa d'addio. Comunque grazie perché hai scelto me è un onore e grazie per il complimento, sei gentilissimo.

- Ti saluto ELLI, ti voglio abbracciare. Ciao.

- Dai, ti abbraccio anch'io. Ciao.

Elizabeth esce dalla stanza di Antony sua mamma la sta accompagnando e intanto le chiede :

- Elizabeth hai visto qualche miglioramento?

- Miglioramento? Cose cambiate nel comportamento diciamo li vedo, però io non sono un medico per fare le cure, sono un psicologo.

- Va bene alla prossima la stessa ora.

- Ok buona giornata.

Elizabeth arrivata a casa, Maik era già tornato dal lavoro la aspettava con una bella notizia, e un mazzetto di rose bianche.

- Ciao amore! Queste sono per la più bella donna della mia vita!

- Ciao! Aah come sono belle le mie preferite, come hai saputo?

- Eliz ho qualcosa da dire!

- Con me, cosè?

- Ho parlato con un psicologo dal centro neuropsicologico di New York, una grande clinica.

- E allora?

- Ti vogliono vedere domani alle 10.00 c'è il coloquio. Sei contenta?

- Contenta , contentissima! Amore sei stupendo! Però hai detto che il mio inglese non è eccelente.

-Tranquilla hanno bisogno di un specialista di qualita superiore, non di un traduttore.

Arrivata anche Mery vedendoli cosi felici è molto curiosa, sta chiedendo:

-Belle notize? Vi trovo cosi felici!

- Ciao Mery! Sii abbiamo belle notizie, Maik ha fatto un appuntamento per me al centro neuropsicologico.

- Maik sei bravissimo! Anch'io ho portato a casa belle notizie ragazzi.

- Ecco, allora stasera si festeggia vero amore?

- Eh già, finalmente qui belle notize gioia mia!- sta baciando Elliz.

- Mery che notize hai portato?- a chiesto Eliz.

- Sono tornata all'universita a continuare a studiare e mi sono trovata un lavoro in una fondazione che aiutano le persone dependenti di droga e stuperfacenti. E non e tutto questo, sono tornata a ballare.

- Io sono felice per te Mery complimenti , sei bravissima che hai trovato la forza di andare avanti e continuare le cose che ti piacciono fare. Ti auguro grandi successi, ti voglio abbracciare sei per me come una sorella.

- Auguri Mery anch'io ti voglio tanto bene e per me sei da tanto come una sorella. Hai fatto bene a tornare a ballare, perché tu hai un grande talento.

- Ragazzi fra qualche giorno dovrei lasciare la vostra casa mi sto cercando già un affitto.

- Mmm questa non e una idea tanto bella, comunque cercalo con comodo ok, qui poi stare quanto vuoi - ha detto Maik.

- Io direi a Mery che è presto per la sua salute di andare adesso via, dico come Dott.-ssa. Ti sei ripresa poco se ti succede un piccolo shock tu sarai capace di tornare alla vita di prima. Abbi pazienza, fai tutto con comodo come ha detto Maik.

- Grazie ragazzi, ma voi proprio fate di tutto per farmi stare con voi. Vi voglio abbracciare, meravigliosi davvero siete per me la mia famiglia.

- Allora ragazze andiamo a festeggiare queste belle cose in un bel posto.

Dopo una bella cena dove si sono rilassati, hanno parlato dei proggetti diversi della vita e del futuro, dopo di che sono si divertiti a ballare.

Queste tre persone se le guardavi da una parte sembravano fratelli e sorelle dietro al rapporto che avevono fra di loro, ma non erano neanche parenti. *Che bellezza! Questa è la belleza della nostra vita!*

Quando le persone si vogliono bene senza pensare hai proffiti, certo i rapporti devono essere proprio cosi, belli come questi. Alla fine di questa serata prima di andare a casa Mery di nuovo ringrazia Eliz e Maik: - "ragazzi non so cosa farei senza di voi grazie ancora, per me adesso e come iniziare una nuova vita; ho trovato il lavoro,sono tornata a studiare e poi continuare la mia passione è una meraviglia tutto questo grazie a voi ragazzi che mi avete aperto gli occhi in quel momento giusto, perché poteva essere al contrario".

- Mery ti vorrei fare una domanda, perché hai scelto questo tipo di lavoro.

- ELLI è una scelta molto importante per me, vorrei anch'io aiutare le persone bisognose che sono dependenti della droga.

- Sei bravissima Mery.

- Io grazie a te ELLI sono guarita perché

Tu c'è l'hai messa tutta, altrimenti finivo male come tutti gli altri che hanno perso la vita per la droga. Questa è la morte che sta girando intorno. Questa è una trapola per noi che siamo deboli.

- Mery io adesso posso dire che tu sei cambiata, però ancora debole .

- ELLI non ho mai detto, però sento una cosa strana.

- Dimmi cosa senti?

- Sento che tu sei un Angelo! No non ridere, tu sei arrivata in questo mondo per aiutarci a noi deboli e bisognosi che abbiamo problemi e non siamo capaci di andare avanti, non sappiamo come fare la voglia non l'abbiamo. E tu sei in grado di convincere. Sei Grande ELLI!

- Sono una persona semplice Mery, questo è il mio lavoro e non sono un Angelo, comunque grazie per le bellissime parole.

- No, non e solo un lavoro tu hai una
missione dal DIO che la stai portando, non è un complimento questo io sento questo nel mio cuore, tu sei una meraviglia.

- Non ho detto nulla in più, è quello che penso di te. Il bene che tu hai fatto per me non lo farebbe nessuno per me gratis qui in America no li interessa niente a nessuno.

- Dai non essagerare Mery, ho fatto il mio dovere.

- Altro che dovere!

- Mery sono contenta sentire tutto questo, piacere mio. Sei diventata ormai la mia amica, qui nei SUA io non ho amiche, parenti, nessuno tu e Maik siete tutto per me. Anch'io sono con i miei problemi il figlio mi manca da morire.

- Dai ELLI su non diventare triste. - si mette in discussione anche Maik. E naturale ricordarsi, ma non diventare
triste amore mio.

- Ma perché non lo porti qua nelli SUA saremo proprio una grande famiglia - sta proponendo Mery.

- Non posso adesso lui sta studiando poi è minorenne suo papà non li darà il permesso per niente. Meglio aspettare fra sei mesi diventerà maggiorenne e deciderà lui cosa vuole.

- Siamo arrivati a casa ragazze abbiamo passato una serata fantastica.

- Io vado a nanna per primo Mery ti saluto ti dico buonanotte.

- Grazie Maik, buonanotte anche a voi.

- Siamo rimasti in due amore per noi la serata continua - ha detto Maik molto afascinante.

Maik e Elizabeth sono in camera da letto si baciano con grande passione sono golosi di fare l'amore. Su un cuore in fiamme, ci si arrampica con le carezze. Elizabeth era vicino al comodino, e come dall improviso Maik la prende in braccio e la porta nel letto dove si è acceso il fuoco. Sono pazzi tutte due, fanno un amore senza limiti, un amore sfrenato volgare, un amore bello, un amore matto, sono creati uno per l'altro e anche qui sono perfetti. Dopo questa opera d'arte creata da loro due Maik ha fatto una domanda ad Eliz che non la mai fatta prima.

- Amore scusami se ti chiedo non te lo chiesto mai, tu sei contenta di me?

- Perché me lo chiedi?

- Perché ho paura di non essere all altezza per la mia giovenezza.

- Certo che sono, tu sei un vero uomo, ma tu devi pensare che tu hai tutto il tempo avanti per essere all altezza, non metterti queste cose in testa.

- Solo perché non ti voglio perdere.

- Maik devi pensare cose belle, guarda oggi che giornata magica è stata e quante belle notizie. La più bella è stata la notizia di Mery.

- Eliz io sono molto felice che lei torna a ballare, e la sua passione ha un stile particolare è molto graziosa una bella presenza, ha vinto tanti premi. Il merito è tuo sicuramente, però non so come sei riuscita.

- E il mio mestiere amore. Sono anni di esperienza per arrivare a un risultato cosi come Mery. Sono molto contenta anch'io che in tempo cosi poco Mery non si ricorda nemmeno della droga e di problemi che li aveva.

- Hai ragione !

- Il bruto è passato, poi una ragazza cosi solare finire male per i problemi della droga sarebbe uno schifo. Sei d'accordo Maik?

- Per questo ti amo tanto che non sei indifferente hai un grande cuore. Aprezzo molto la tua volontà di aiutarci a tutti. Però mi devi prometere che ci pensi un po di più anche per te stessa!

- Ok promesso. Sai è da un po che non ho parlato con mio figlio e anche lui no mi ha chiamato.

- Gioia mia lo chiami domani, adesso sei tutta per me.

- Mmm impressionante.

- Eh già, e poi domani abbiamo una giornata importante. Dobbiamo essere al livello più alto.

- Hai ragione amore. Buonanotte.

- buonanotte Angelo mio.

Alla mattina tutti presto svegliati si preparano per lavoro e anche Elizabeth si prepara anche lei vuole presentarsi al coloquio, bene è molto importante per lei, però è molto agitata . Sono arrivati nella clinica Maik la accompagna, il medico principale sta già aspettando.

- Buongiorno.

- Buongiorno sig-ra Lomelli, prego accomodatevi, io sono dott. Stiwart diciamo direttore della clinica.

- Piacere, Elizabet Lomelli.

- Piacere mio avervi qui. Ho sentito tante belle cose di lei come brava proffessionista ovviamente in Europa. Abbiamo deciso di invitarla qui nella nostra clinica, siamo disposti offrire un contratto di lavoro con un termine indeterminato, per adesso. Lei é una professionista molto preziosa cosi parlano.

- Ma scusate come fatte sapere su di me tutta questa informazione io nei SUA sono per motivi personali non credo che sapete qualcosa di me.

- Elizabeth tranquila - Maik la calma.
- Dott-sa Lomelli qui siamo in SUA come ha detto lei prima abbiamo controllato tutto, dopo di che il suo compagnio Maik è venuto da noi a fare la richiesta.
- Ah si? Interessante!
- Abbiamo parlato con la vostra clinica dove avete lavorato in Italia.
- E cosa dicono?
- Suoi colleghi hanno parlato di lei molto molto bene, che lei è una grande proffessionista che lavora con un metodo particolare. E loro vi sentono la sua mancanza molto.
- Ecco da dove arriva tutto questo.
- E vi mandono anche un saluto.
- Ah grazie mille per il saluto.
- Di nulla, vogliamo iniziare questa esperienza con lei, cosa dice?
- Io non dico niente, sono molto onorata di questa proposta. Certo io sono disponibile.
- Allora possiamo iniziare, questo è l'elenco che deve portare lei per mettere apposto le carte, qui c'è anche il mio numero di telefono chiama pure quando è pronta anche domani, cosi iniziamo subito.
- Domani, sono impegnaata vediamo come mi organizzo.
- Si con calma, mi ha parlato Maik che lei sta visitando un bambino, e già ha fatto dei miracoli non solo con lui.
- Maik - Eliz lo guarda negli occhi;
- No, non ho fatto niente solo l'ho conosciuto.
- Non si preocupi Dott-sa Lomelli noi con Maik ci conosciamo da tanto tempo, tranquilla, siamo anche amici. Va bene io devo andare scusate. Arrivederla Dott-sa Lomelli lei veramente è una donna molto interessante.
- Arrivederla dott. Stiwart le faccio sapere quando sono pronta. Buona giornata.

- A presto Maik, complimenti per la sig-ra Lomelli.

- Grazie- rispose Maik facendo un sorriso al suo amico un po geloso.Dott. Stiwart ed Maik si conoscono da da tanto tempo, però non li ha detto prima con Elizabeth, per questo anche lei è stata sorpresa. Maik accompagna Elizabeth a casa, dopo deve andare al lavoro. Sono molto contenti di come è andata con il Dott. Stiwart. Elizabeth e felicissima non ancora ha iniziato a lavorare, ma già è molto aprezzata come professionista. È una cosa che non capita tutti giorni, o sei o non sei.

- Sono contentissima amore mio di quello che fai per me. Grazie.

- Grazie al tuo talento, perche hai una forza della natura in questo domenio. Tu sai dominare il cervello degli altri, é un grandissimo dono che hai.

- Ok amore siamo arrivati ci vediamo stasera. Maik vieni presto?

- Come sempre gioia! Ciao! Un bacio!

- Ok buon lavoro! Un bacio, e grazie ancora di quello che fai. Ciao.

Molto soddisffata Elizabeth sta pensando a tutto quello che succede sembra u sogno. Non ci crede che tutto questo succede con lei. Adesso sta pensando a suo figlio , le manca tantissimo. Vuole condividere questa bella notizia con lui. Li sta scrivendo un messaggio sul sito:

Ciao caro mio figliolo! Tu come stai? È da un po che non mi scrivi!

Come ti va con la scuola, con lo sport e in generale ?

Io ho delle belle notize. Quando sei disponibile parlare fammi sapere. Ciao mamma. Un bacione.

Risposta arivata dal figlio:

Ciao mamma, sto bene. Con la scuola, sport e in generale va tutto bene. Mi impegno al massimo. Ero un po occupato, a volte non era possibile, sai il motivo. Non preoccuparti per me. Ti chiamo stasera va bene ?Ciao mamma un bacio e un abbraccio.

Elizabeth è molto di fretta, sta pensando al piccolo paziente Antony che ha deciso di farla finita non mangiando e non curarsi, perché è tanto disperato ai suoi 15 anni malato di cancro.

Oggi di mattino Antony ha deciso di fare colazione. Anche lui era un po emozionato, aspettava la sua dottoressa che lui si è visto solo due volte con lei, ma già aveva delle stranezze, non capiva che succede con lui. Un suono nel campanello. Apri la sua mamma.

- Ciao Elizabeth, benvenuta!
- Ciao, allora tutto bene!?
- Sii tutto bene. Sai abbiamo belle notizie; Antony a fatto colazione, e ti sta

aspettando, si è messo la sua camicia preferita.

- Aah bello, sono contenta- sta bussando la porta di Antony.
- Avanti.
- Ciao Antony, ma come sei bello! Ammazza! Ti vedo un pochino cambiato!
- Cosa vedi?
- Non so, sei diverso da ieri. La faccia un po cambiata sei più bello! E la camicia è bellissima!

Ti piace? E la mia preferita! Grazie ELLI di essere venuta, avevo una voglia di vederti. Posso abbracciarti ?

- Sono proprio contenta di sentire questo, grazie. Cosa mi racconti oggi di bello, hai fatto qualcosa di speciale?
- Sai oggi ho fatto un po contenta la mia mamma.
- Aah, e come hai fatto?

- Ho fatto una piccola colazione – ha risposto con l'ironia.

- Ecco, è questa cosa ha fatto felice tua mamma?

- Sii, sempre é stata felice quando io mangio. Ho deciso di farla un po felice, perché se lo merita ELLI si mette tutta per me.

- E una cosa cosi piccolina ha fatto tua madre felice?

- Si proprio cosi!

- Antony è giusto fare la mamma felice, lei se lo merita davvero, è molto brava tua mamma e anche tu sei bravo perché hai fatto un passo importante.

- Perché tu lo sai come io guardo il cibo.

- Certo per questo sono anch'io molto sorpresa, però se hai la possibilità fallo di più. Fare qualcuno felice con le cose semplici é molto bello. *Ogni cosa quale sai che fa piacere alle persone che noi amiamo non perdere l'occasione di farlo, fallo più spesso é un mio consiglio.*

Non si sa quanto tempo siamo in questo mondo, ma se abbiamo la possibilità di fare qualcuno felice, lo dobbiamo fare. Ad esempio: "io adesso parlo con te, tu sei felice?"

- Mi piace parlare con te, hai un modo di parlare speciale, in generale io non parlo con nessuno. Si sono felice, molto!

- Dunque se io stasera morirei, tu saraì felice che hai avuto oggi la possibilita di parlare con me e che questo discorso ti ha portato tanta soddisfazone. Vero?

- Ho capito cosa intendi dire, ma non deve succedere con te niente di male. - risponde Antony.

- Questo non lo puoi sapere. Quindi tu saraì felice che io per l'ultima volta ti regalereì un sorriso. – chiede Elizabeth.

- Si si, hai ragione! È giusto tutto che dici tu ELLI. Ti devo dire una cosa tu sei un Angelo dal paradiso, venuto sulla terra ad aiutare le persone che stanno male come io. La penso cosi.

- No che dici ? È solo il mio lavoro.

Guarda il nostro tempo è finito, io devo andare.

- No rimani ancora un po' per favore, mi fai un grande piacere e mi sento meglio nella tua compagnia. Vorrei farti vedere un mio segreto.

- Antony non posso di più devo chiamare mio figlio, però dai non vorrei toglierti questo piacere.

- ELLI guarda è un quadro l'ho dipinto io.

- Come è bello, fantastico!

- Ti piace veramente? L'ho chiamato **L'ALBERO** *della* **VITA.**

- Davvero? È bellissimo, non ho mai visto un'albero dipinto con un'immaginazione cosi. Cosa vogliono dire questi colori? Con i fogli rossi e gialli. Interessante.

- Tu credi nell'altro mondo? Io si. E la mia vista di un altro mondo ELLI, cosi me lo immagino . ELLI io ti regalo questo quadro, quando non ci sarò più tu potrai ricordarti di me e raccontare agli altri la mia storia.

- Antony grazie mille, davvero per me è un regalo prezioso, ma voglio che lo tieni tu ancora, è presto regalarmelo.

- Va bene, però è tuo sappilo io scriverò un biglietto.

- Ok, d'accordo.

- Ti aspetto domani ELLI.

- Tesoro domani non posso ce una cosa che non lo sai. Domani è il mio primo giorno di lavoro, mi devo sistemare un po con gli orari. Va bene?

- Va bene; una risposta triste.

- Ei che succede? Perché sei triste? Dai su, ok provo a trovare per te 20 minuti, ma non ti dico prima quando arriverò, non so nemmeno io.

- Ok ELLI ci siamo capiti.

- Adesso ti saluto. Ricordati sempre cosa abbiamo parlato oggi delle cose preziose. Ciao ciao.

Elizabeth è andata molto veloce, perché suo figlio le ha mandato un messaggio che vuole parlare. Però era molto stupita delle parole di Antony, che erano uguali alle quelle di Mery. Eliz ha un terremoto dentro di se. Perché loro parlano di angeli: " io mi sto facendo il mio lavoro. Cosa vuol dire se uno si fa il suo lavoro bene è un Angelo? E strano tutto questo. Va bene lascio perdere tutto questo" Elizabeth arrivata a casa subito chiama suo figlio.

- *Ciao amore!*
- *Ciao mamma, come stai?*
- *Bene tesoro, tu?*
- *Tutto bene mamma.*
- *Tuo padre come sta?*
- *Bene mamma non preoccuparti. Cosa volevi dirmi?*
Mi sono trovata un lavoro nella clinica neuropsicologica, infatti grazie a Maik, sono molto contenta.
- *Che bello mamma, sono molto contento per te, davvero una bella notizia. Complimenti, saluta Maik.*
- *Grazie, con lo studio come andiamo figlio mio?*
- *Bene mamma, anche con lo sport, adesso sono molto occupato ho le gare e devo fare tanto allenamento.*
- *Ah si il record mondiale per la tua categoria di nuoto quando lo farai?*
- ***Mamma tu stai sognando tanto, non volare come gli angeli nel paradiso, vieni sulla terra.***

Questa frase con gli angeli di nuovo l'ha terremotata. Perche tutti parlano di angeli che succede?- si domanda lei nella mente.

- *Perche mi parli cosi?*
- *Come mamma?*
- *Dei angeli?*
- *Perché tu sei come un Angelo.*
- *Ok lasciamo perdere, mi manchi moltissimo figlio mio.*

- *Anche tu mamma, vorrei vederti.*
- *Magari veni in vacanza?*
- *Vediamo. Ok ti saluto mamma.*
- *Ok amore mio, promettimi che mi chiamerai più spesso.*
- *Ok ti prometo mamma.*
- *Ciao amore della mamma.*
- *Ciao mamma, abbi cura di te.*

Elizabeth erà da sola a casa, ancora non era arrivato nessuno. Dopo che ha parlato con suo figlio e dopo quella frase che l'ha fatta agitare un po lei e diventata triste e pensava in voce:" Quanto sto male dopo che parlo con lui, mi si ferma il cuore, mi si toglie il respiro.

Che mamma sono io? Ho lasciato il mio figlio per andare chi sa dove.

Sono interessata solo dei problemi dei altri invece di quelli di mio figlio no lo abbandonato con un padre violento. Chi sa che succede con lui e cosa passa non mi dirà mai solo per fare sua mamma felice. Non è giusto cosi, non sono una mamma buona!

Sono un monstro non un Angelo come dicono tutti. I suoi problemi io non li vedo, o faccio finta che non li vedo. Sempre è stato cosi nel mondo calzolaio e con le scarpe rotte. O DIO perdonami se ho fatto tutto sbagliato." Dopo questo momento privato Elizabeth si è data una calmata quasi che devono arrivare Maik e Mery. Sta preparando la cena. Arrivata Mery per prima dal lavoro.

- ELLI ciao! Come è andata oggi il coloquio?
- Ciao Mery, è andato bene, da domani posso portare i documenti necessari e posso subito iniziare a lavorare.
- Che bello, complimenti.
- Grazie Mery, è tutto il merito di Maik.
- Guarda ELLI se non ci fosse Maik io erò persa, finita.
- Anch'io sai?

- Tu come mai? Non ho capito?

- Lui è riuscito a cambiare la mia vita , le mie idee. Mi ha insegnato vivere con il presente non con il passato, io vivevo con il passato. Tutto grazie a lui. Ed è riuscito a cambiare tutto nella mia testa, io non mi fidavo, sono cosi io.

- Infatti è riuscito. Dai ELLI, che succede ti trovo agitata?

- Si sono,agitata ho parlato con il mio figlio per questo , poi quando penso che non è vicino a me ci rimango male. Hai capito?

- Certo , però sei forte ELLI abbi pazienza, in un giorno andrà tutto bene. Ecco arrivato Maik, non stare triste ti prego.

- Non voglio, però la nostagia canaglia mi rovina é una cosa naturale.

- Amore Ciao!

- Ciao Maik.

- Mi sembra o sei triste?

- Un pachino, ho parlato con mio figlio sai com'è.

- Eliz amore guarda ti prometto che faciamo di tutto il possibile che tuo figlio arrivi qui, non solo a visitare ma a vivere con noi, va bene?

- Ok, ragazzi la cena è pronta, dai tutti a tavola, coraggio!

- Amore, ma cosa hai preparato di buono? Ah anche il vino? Buon appetito a tutti ragazzi.

- Grazie Maik buon apetito anche a te- risponde Mery. Mmm che bonta, ELLI tu sei una brava cuoca. Cos'é questo piatto?

- Ma si è un piato tipico che mi piaceva prepararlo.

- Allora ragazze io come sempre vorrei fare un brindisi. Prima li auguro una bella carriera a Eliz di fare qui nei SUA. Ma soprattutto ho un desiderio: " Voglio una casa al mare e tutti noi vivere come una grande familia insieme anche al figlio di Elizabeth. " come ho detto prima ti prometto che farò di tutto che lui fosse vicino a te, perche io ti voglio

131

felice. E ogni mamma è felice quando la sua creatura è vicino a se.

- Grazie Maik, tu continui a stupirmi ogni giorno.

Per queste parole magiche Elizabeth ringrazia Maik con un bacio dolcissimo. Dopo che hanno fatto una bella cena , si sono messi per chiachierare un po'. Mery di nuovo si è ricordata che lei quasi se ne va a vivere in un'altra casa. Maik li ha detto :

- Mery qui è la tua seconda casa quando vuoi per te sempre la porta è aperta.

Maik ormai siete diventati la miafamiglia e sarà dificile per me quando me ne andrò da qui.

Solo Elizabeth sta in silenzio si è ricordata di Antony, e di tutto quello che ha parlato con lui oggi. Ma più grande pensiero era al quadro, voleva fare un analisi psicologico, perche erà suo compito, ma non poteva dare una risposta. Per lei erà la domanda; cosa intendeva Antony un bambino di 15 anni che si preparava di morire con una grande coscienza, troppo forte. E difficile indovinare cosa vuole lui spiegare con i colori di quell'albero rosso e giallo.

Rosso – é il colore della passione, dell'amore.

Giallo – é il colore del sole, della saggezza.

Cosa intendeva lui nel suo pensiero, senza qualche significato non poteva fare Antony quel dipinto, è troppo intelligente.

Mentre Eliz pensava Maik ed Mery hanno osservato che Elizabeth sta volando da qualche parte.

- Amore tu non sei presente, a che cosa stai pensando - ha chiesto molto curioso Maik.

- Beh, ragazzi scusate troppi pensieri mi sono venuti in testa, poi stasera sono un po tra le nuvole - risponde sorridendo Elizabeth.

- Non ti ho chiesto Eliz come sta tuo figlio? – si interessa Maik.

- Bene, ti manda un saluto.
- A me? Grazie, molto gentile da parte sua, alla prossima salutamelo.
- Ok. Allora Mery cosa di bello avete fatto oggi nell'Universita?- chiede Elizabeth.
- Abbiamo parlato dei diritti umani.
- Che bella cosa vero Maik?
- Si sono contento per te Mery diventerai un avvocato oppure un giudice, e poi il lavoro che fai nella fondazione ti farà una grande persona. Non parliamo del tuo talento nella danza.
- Mery quando ci inviti a un tuo spettacolo?- chiedi Eliz.
- Oou ragazzi dai, mi sparate con le domande?
 Ridono insieme tutti con molto gusto. Anche Eliz è diventata più serena. Questa serata finisce con bei sorrisi piena di armonia.
- Ragazzi io vado presto, domani mi aspetta una giornata molto pesante, ho anche la visita con Antony. Vi dico buonanotte.
- Per non dimenticare per domani sera per le mie belle ragazze ho una sorpresa.
- Che sorpresa? – tutte due Mery insieme a ELLI hanno chiesto.
- Ho preso i biglieti per un bel film.
- Bello allora domani dopo una giornata molto pesante un po di relax al cinema, si ci vuole. Buonanotte Maik ed ELLI.
 Per Elizabeth questa notte era più lunga della sua vita. Domani una giornata importante tutta in emozioni e in ansia. Trema tutta.
- Amore raccontami qualcosa non mi viene il sonno e sono preoccupata.
- Cucciola mia che succede?
- Raccontami quolcosa di bello. Che film sarebbe domani?

- Un film delle corse di macchine, scommesse, sfide e tutto quanto con gli attori famosi, credo che ti piacerebbe.
- Sei interessato delle machine sport?
- Eh già, è la mia passione per loro.
- No mi hai mai parlato di questa tua passione.
- Hai ragione, però...
- Non ho capito, ce qualcosa che non dovevo chiedere oppure non voi dire?
- Beh, c'è qualcosa che non ti ho raccontato , ma solo perché sto male e non voglio ricordare di quella storia.

Nel passato sono stato un autopilota non è tanto come ho mollato.

È successo una cosa terribile, ho avuto un incidente in gara dove la machina di un'altro pilota e anche il mio amico ha preso fuoco, non si è salvato. Dopo poco tempo succede di nuovo con altro amico la disgrazia dopo la discoteca dove di nuovo ero io, ti ho raccontato questa storia. Dopo di che ho deciso di abbandonare lo sport e di non ricordarmi più delle macchine sport, però la passione è troppo grande la mia soddisfazione per adesso almeno guardare il film e tutto che riguarda tutto questo che ti ho raccontato fa parte della mia vita.

- Maik, ma tu questa cosa non volevi raccontarmela mai?
- Si volevo nasconderti questa cosa, ma solo per non farti del male.
- Non si fa cosi, almeno grazie che sei stato sincero. Hai ancora dei segreti?
- No, non c'è li ho, adesso sai tutto tutto su di me!
- E Mery lo sa questo tuo segreto, no non lo sa ho conosciuto Mery dopo.
- Posso dire solo una cosa quando c'è la passione e talento, poi avere anche 50 anni comunque tornerai alla tua passione. Devi smettere di penssare che succede per la colpa tua. Tu

hai un compito non fatto e devi lavorare su questo problema, però insieme c'è la faremo. Adesso ti dico davvero buonanotte perché il mio sonno è arrivato.

- Grazie amore che mi capisci, ti dico buonanotte anch'io.

È mattino tutti presto in piedi si preparano per andare al lavoro, sta volta tutti tre. Eliz si è preparata molto elegante, però di nuovo con l'ansia. Stanno per uscire, hanno salutato Mery, Maik accompagnia Eliz alla clinica, la sta calmando perché trema tutta.

- ELLI tranquilla, tu vai al lavoro, non coloquio. Hai preso tutte le carte che dovevi?

- Si ho preso tutto.

- Allora calma andrà tutto bene, siamo arrivati. Voi che ti accompagno così saluto Dott. Stiwart?

- Si mi farebbe piacere!

- Sono pronto sempre per fare piacere al mio amore - le da un bacio dolcissimo.

Elizabeth lo guardò dritto negli occhi e non disse nulla, solo ha sorriso dolce. Molto soddisfata va subito dal Dott. Stiwart inseme a Maik.

- Buongiorno Dott. Stiwart, ho portato la vostra nuova collega al primo giorno di lavoro, così intanto approfitto per salutarla Dott. Stiwart.

- Buongiorno Maik hai fatto bene, adesso noi con Elizabeth andremò per mettere tutto in regola e conoscere il suo posto di lavoro e certo i suoi altri colleghi. Qui tutti già mi chiedono, chi é quella bella ledy!

- Ah proprio cosi? Eliz ciao alle 17.15 vengo a prenderti ok? Buona giornata a tutti voi.

La giornata ha iniziato conoscendo tutto nella clinica e certo i propri colleghi che sono stati molto gentili con Elizabeth. Il Dott.Stiwart la accompagnata da per tutto e anche le ha fatto vedere il suo posto di lavoro. Una stanza molto spaziosa bella e luminosa. Finché ha conosciuto tutto in giro la giornata è passata e Elizabeth era molto calma, era l'ora di andare la chiama Maik al cellulare e le dice che la aspetta fuori, Elizabeth saluta tutti e se ne va. Deve fare in fretta che anche il piccolo Antony la aspetta. Maik subito la porta da Antony e la aspetta in macchina.

Suona il campanello come sempre, ma questa volta apre proprio Antony, lui non apre di solito mai a nessuno, ma questa volta tutto è diverso.

- ELLI ciao !!! sei arrivata!

- Ciao Antony! Tutto bene?

- Sii, dai raccontami come è andata il tuo primo giorno al lavoro, hai avuto dei pazienti?

- No, dei pazienti no, ho conosciuto tutto e tutti , devo seguire un po, dopo mi iscrivono dei pazienti.

- Ooh che bello!

- ELLI ti è piaciuto il tuo nuovo lavoro ?

- Sii molto.

- ELLI sai adesso io sono il tuo dottore e tu sei la mia paziente.

- Sai Antony in realtà non si permette che il paziente fa delle domande al proprio dottore, però noi non siamo nella clinica e possiamo permetterci un po di più. Adesso dimmi tu cosa hai fatto di bello?

- Ma si io ho fatto colazione e anche il pranzo, dopo mi sono divertito.

- Addirittura?

- Sii ho ascoltato la mia musica preferita, così cose piccole.

- Devi sapere, con le cose piccole faremo dei grandi affari. Antony mi saluti la tua mamma? Io devo andare. Stasera vado al cinema. Ok ci vediamo alla prossima settimana.

- No come alla prossima? Vieni per favore tutti i giorni e stai con me un po tu sei l'unica con cui io mi trovo bene .

- Va bene Antony faremo di tutto per farti stare bene, allora a domani.

- Sii a domani, mi racconti il film. Buona visione.

- Grazie Antony, molto gentile, fai il bravo anche tu, Ciao bello.

Elizabeth esce di casa di Antony andando verso al macchina di Maik che la aspetta per andare al cinema, sta pensando a tutto quello che succede con il suo piccolo paziente;

Antony è un ragazzino malato di una malattia che non guarisce, una settimana fa non voleva nemmeno sapere di Elizabeth adesso non accetta il fatto che lei non venga un giorno. Elizabeth non ha mai lavorato con i bambini solo con gli adulti, anche per lei erà una esperienza nuova. Questo ragazzino prima aveva perso il gusto di vivere invece adesso lui sta lottando, ma neanche se ne accorge di ciò. E tutto questo ha una spiegazione; trovandossi con la persona giusta e interessante per lui come se fosse un'amica non una dottoressa lui cambia la mentalità e il suo cervello sta lottando per la più bella cosa che si chiama *speranza* quello che succede ad Antony adesso. Lui è cosi abituato e cosi soddisfato dalla compagnia di Elizabeth che si è dimenticato della sua malattia. Lui sta facendo le cose come prima senza essere pregato di mangiare oppure fare altre cose e non pensa mai alla sua malattia. Lui sta lottando per la cosa più bella e più prezziosa che abbiamo noi ed è la nostra *vita*, ma non se ne accorge neanche, perché lo sta facendo involontariamente.

Per Antony la più bella cosa è quando ELLI viene a trovarlo, lui si sente libero con la parola, chiede tutto quello che vuole si esprime come crede e non è giudicato, tutto questo la fa stare bene. Ma anche la tecnica di Elizabeth che e unica, non lavora nemmeno dietro ad una teoria e scienza, ma con il cuore, anche quello è si chiama un certo "metodo". Questo metodo costruito da lei con gli anni che sta portando dei risultati bellissimi. Questo concetto di Elizabeth consiste come metodo di predominazione del cervello del paziente complettamente. Vuol dire che con le sue proprie emozioni sta dirigendo le emozioni del paziente.

Elizabeth ha avuto una giornata davvero bellissima, ha passato bene il primo giorno di lavoro, poi il suo piccolo paziente andava molto bene, secondo lei è molto cambiato pieno di vita, dopo tutto questo divertimento mangiare fuori e visionare un bel film al cinema, è stata una cosa meravigliosa.

E cosi in questo modo sono passati anche due mesi da quando Elizabeth Lomelli lavora nella clinica neuropsicologica. Già ha ricevuto dei primi pazienti e tutto va molto tranquilo e lei è contenta. Anche Antony sta meglio è pieno di vita, però ancora non vuole visitare dei medici lui si trova bene con la sua Elizabeth.

Tutti avevano una vita tranquila fin che Mery non ha presentato il suo primo grande spettacolo, dopo di che alla conferenza stampa uno dei giornalisti li ha fatto questa domanda:

1. " Che cosa l'ha fatta lavorare in una fondazione come Antidrog? Come mai un grande talento cosi giovane come lei?"

A questa domanda Mery confessa ai giornalisti il suo grande segreto:

- " Ho sofferto di depressione dopo di che ho iniziato a drogarmi. Grazie alle persone che ho incontrato nel momento giusto che mi hanno datto un supporto psicologico e non sono tornata più a questo veleno, che rovina milliaia di vite umane. Per questo ho deciso di lavorare in una fondazione Antidrog, per aiutare gli altri che soffrono come ho sofferto io, per farli capire e dire al mondo che questa non è la strada verso al paradiso, ma verso all'inferno. "

Questa confessa ha stupito tutti i giornalisti è arriva un'altra domanda:

2. " Chi è la persona che ti ha aiutato?"

- "Questa persona è una giovane specialista in psicologia Elizabeth Lomelli proprio lei è riuscita mettermi sulla strada giusta con il suo grande cuore."

3. " Cosa ha da dire lei adesso a questa persona?"

-" Direi che la stimo tanto e tutto che ciò grazie a lei."

A questo punto Mery aveva centinaia di domande riguardo ad Elizabeth Lomelli. Dove lei a risposto cosi: Non voglio parlare delle cose private delle persone che non c'entrano niente con la fondazione Antigrog. Ho fatto questo ringraziamento pubblico perché lei mi ha dato la speranza e tutto ciò che faccio è grazie lei. Sono stata anch'io la schiava della droga e potevo finire male.

Con la mia confessione che ho fatto

adesso vorrei dire al mondo:

" Non conta come sei caduto, conta come ti sei rialzato."

A questo punto io ringrazio tutti voi per la vostra gentilezza e pazienza che avete dimostrato . Grazie a tutti.

Le sorprese per questa sera non sono finite, dopo la conferenza stampa in camerino di Mery la aspettava un grande mazzetto di rose bianche il colore della speranza, e anche un bigliettino dove c'è scritto.

"Con grande rispetto per una grande ballerina."

Mery aveva le lacrime della felicità negli occhi. Ha capito che questa bella sorpresa solo Maik e con ELLI potevano farla. Maik ed Elizabeth la aspettavano fuori perché questo bell'evenimento doveva essere festeggiato come tutti gli altri evenimenti in un bel posto.

Mentre Mery festeggiava con Maik e Eliz

i giornalisti faccevano il loro lavoro. Dopo il grande debutto di Mery la notizia subito è andata in onda tutti i giornali hanno scritto della sua confessa con la pressa, ma il più bello erà che hanno scritto della misteriosa psicologa "Elizabeth Lomelli". E tutti erano preoccupati chi era Elizabeth Lomelli? Questo era adesso il compito principale per i giornalisti. Tutti i coleghi di Elizabeth in quella sera hanno sentito la notizia in tv insieme a Dott. Stiwart. Il secondo giorno Elizabeth come al solito va al lavoro tutto il personale della clinica leggeva il giornale con la notizia. Quella mattina quando è entrata in clinica non sapeva nulla. Dopo un po l'ha chiamata Dott. Stiwart e ha chiesto se conosce Mery, se tutto è vero quello che scrivono nei giornali. Elizabeth era in difficoltà perchè non sapeva di quello che ha parlatto Mery con i giornalisti.

- Dott-sa Lomelli lei conosce Questa ballerina Mery? Guardate che scrivono nei giornali, è tutto vero?

- Certo è una mia amica.

- Lei mi conferma quello che scrivono in pressa e vero?

- Sii Mery l'ho conosciuta veramente in quel momento brutto della sua vita, come dice lei, è vero che mi sono occupata di Mery ma solo perché è l'amica del mio compagno, ma non per farmi pubblicità.

- No no Dott-sa non ha capito, lei non è aggiornata con le notize dopo come vedo io, vero ?

- Non sapevo nulla di quello che ha parlato Mery in pressa.

- Le spiego io, ieri sera in telegiornale si è parlato dello spettacolo di beneficienza che ha dato la sua amica. Dopo c'è stata la conferenza stampa, dove Mery ringrazia pubblicamente lei Dott- sa, che il suo successo e grazie a voi. Poi ha confessato la sua patologia oppure la dipendenza per la droga che ha avuto in passato e lei è stata accanto alla sua amica in questo momento difficile per la ballerina.

- Eh e vero! Cosa posso dire io?

- Ho chiesto tutto questo sa perché?

- No, non lo so se me lo dice lei lo saprò – risponde Elizabeth.
- Adesso i giornalisti inizieranno a cercare lei capisce? Certo che loro si interesseranno di tutto su di lei. Vorrei sapere se per caso arrivano qui cosa facciamo?
- No no, preferisco non dare nessuna intervista non voglio parlare della mia vita privata.
- Ma se vengono qui non possiamo nasconderti Elizabeth, non possiamo dire che non conosciamo questa persona Elizabeth Lomelli.
- Se vengono parla lei come direttore della clinica, conferma la mia esistenza e punto. Io non voglio parlare con i giornalisti Dott. Stiwart.
- Questo intendevo sapere Dott.-sa, però non si preoccupi andrà tutto bene. Buon lavoro. Grazie Dott. Anche a lei.
Questa giornata Elizabeth la aspettava che finisse, non poteva lavorare in tutti questi occhi che la guardavano, anche i pazienti le facevano i complimenti. Eliz era agitata non poteva lavorare, ha chiamato Maik.
- Ciao amore - Eliz tutta agitata.
- Ciao gioia, tutto bene?
- Maik tu sapevi della notizia che ha datto Mery in pressa?
- No amore non sapevo, al mattino i colleghi mi hanno fatto vedere il giornale, perché alcuni conoscono Mery.
- Parlano di me come della tua fidanzata? No perché non sanno che tu sei il mio amore della vita. Non ti ho chiamato per non spaventarti.
- Eh già, mi ha fatto vedere la notizia il dott. Stiwart, pensa che figura.
- Tesoro non preoccuparti sarà per un momento poi passa, comunque la gente non parla male. Parlano della tua bellezza dell'anima e di Mery che ha avuto un grande coraggio a

confessare davanti a tutti il suo problema del passato. La sua fantastica frase che dice:

"Non conta come sei caduto, conta come ti sei rialzato." ha stupito la gente.

- Ok amore adesso chiamo Mery per farli gli auguri di nuovo
- Elli sta ridendo. Ti aspetto come sempre alle 17.15 poi mi devi portare anche da Antony. Ok Amore?
- Ok ciao, buon lavoro, un bacione.

Elizabeth dopo il discorso con Maik erà più calma. Sta per chiamare Mery.

- Ciao ELLI!
- Ciao Mery! Allora auguri di nuovo, adesso sei anche famosa - ride.
- ELLI scusami, hanno scritto anche di te, non intendevo questo però è andata cosi.
- Niente, però non dare più informazioni su di me, preferisco non essere famosa. Mi capisci Mery.
- Si certo, stai tranquilla non tocco la tua privacy.
- Ok, ci vediamo a casa. Ciao Mery.
- Ciao ELLI, scusa ancora.
- Figurati!- sta ridendo.

Questa giornata famosa è finita, Elizabeth si prepara per andare, perché per lei il lavoro non è finito. Deve visitare Antony come al solito. Lui la aspettava come sempre con grande piacere.

- Eccomi qui, Ciao Antony come stai?
- Ciao Elli, io come solito. Ieri sera hanno parlato di te in tv.
- E perché sei cosi triste, non ti è piaciuto cosa hanno parlato di me? – sta dicendo con ironia.
- Noo, anzi sono contentissimo, che anche gli altri la pensano come me. Sono triste per altro.
- Perché?

- Vorrei anch'io parlare di te, ma la mia malattia no mi da possibilità.
- Eii non stare triste! Guarda ti ho portato un piccolo pensierino, è un diario con il marchio della clinica, ti scriverai i tuoi segreti. Eh!
- Grazie ELLI. Come è andata al cinema?
- Si bene un film cosi del cartracing.
- Che bello, io non mi ricordo quando l'ultima volta sono uscito.
- Come? Tu non esci fuori? Ma tu hai bisogno d'aria fresca.
- Si loso, ma non esco, domani dobbiamo andare all ospedale per l'esame, ma non so se andrò non voglio.
- Guarda per ospedale è la tua cosa privata io non c'entro niente se vuoi vai, se no come decidi tu. Il mio consiglio è di andare, però decidi tu.
- Ok ci penso, ti prometto, non so cosa
Deciderò.
- Allora per adesso decido io per te Antony, con il permesso. Visto che hai le rachete per il tennis andiamo a provarle. Non ho tenuto una racheta non mi ricordo da quando! Dai, dai sbrigati che passa il tempo.
 Sono usciti di corsa in cortile, Elizabeth lo teneva dalla mano sembrava una bambina anche lei. Hanno giocato a tennis mezz'oretta, si sono seduti sulla panchina per riposare un po. In questo momento sono arrivati diversi ragazzini per salutare Antony, perche non usciva da un anno. Lui si è sentito importante e utile.
Dopo questa pausa Elizabeth ha portatato Antony in casa.
- È vero che ti senti meglio? Sei contento?
- Sii e vero? Molto contento.
- Alla prossima giocheremo di più te l'ho
prometto mi vesto da tennisista.
- A sii? Veramente?

- Perché no? Va bene ti saluto, mi raccomando pensaci bene per quella cosa che abbiamo parlato prima.

- Va bene, ELLI ciao buona serata.

La mamma di Antony lo accompagnia.

- Elizabeth ti ringrazio per tutto quello che fai per il nostro figlio, veramente sei una grande donna, la sua amica aveva ragione lei lavora con il cuore.

- Grazie. Vi auguro una buona serata, speriamo che Antony prende una decisione giusta per domani. Ciao.

Elizabeth è andata, però Antony è rimasto un po' giu di morale, pensava alla sua Dott-sa. Lui capiva che aveva un principio sbagliato quello che riguarda le cure, ma era talmente stupito di Elizabeth come lei si mette tutta per convincerlo di non rinunciare alla vita. Prima di andare a letto decide di scrivere qualcosa nel diario che gliela regalato Elizabeth.

In questo mondo non c'è nessuno che mi può cambiare l'idea, invece lei ci è riuscita. Faccio questo per lei perché se lo merita. È la Dottoressa più brava del mondo, perché lavora con il cuore e mi vuole bene come a un figlio proprio. Ho visto centinaia di dottori, ma come lei non ci sono, ognuno si fa il suo lavoro, lo fanno bene niente da dire, ma lei lo fa diverso dagli altri. Se la mette tutta per il paziente, le sue preoccupazioni, emozioni e il suo cuore che è molto importante e questo cambia tutto ogni principio. Il suo modo di essere é troppo umano, ma a volte mi sembra che è un Angelo arrivato sulla terra per noi umani. Ho deciso di fare una vita normale senza complicare le cose perché sono complicate già, lascio andare il tempo con suoi tempi normali non affrettare le cose mai più. Come sarà, sarà.
Antony.

Come sempre la mattina ognuno con le sue preoccupazioni. Sta mattina Antony si è svegliato presto, decide di dare la notizia ai suoi genitori che è pronto per andare all ospedale per fare di nuovo gli esami. Sua mamma è rimasta senza parole dalla felicità che aveva.

Senza parole è rimasta anche Elizabeth quando in clinica erano arrivati i giornalisti. Volevano una intervista con Dott-sa Elizabeth Lomelli. Dott. Stiwart il direttore della clinica li sta spiegando che la Dott-sa Lomelli non lavora da tanto tempo in clinica e non vuole farsi la pubblicita, perché lei non é un'artista e una semplice psicologa. Per il momento possiamo confermare come direttore della clinica che Elizabeth Lomelli lavora qui nel nostro centro neuropsicologico. Ed è davvero una Dott-sa molto particolare, per questo la abbiamo qui.

- Detto questo vi devo salutare perché il lavoro ci aspetta.

Appena li ha detto dott. Stiwart con Elizabeth che è andata tutto bene con la pressa, la chiama la mamma di Antony per dire che sono andati per fare gli esami per la malattia. Anzi il dottore che seguie Antony non l'ha riconosciuto, ha detto che è molto cambiato positivo ovviamente. Abbiamo fatto tutti gli esami dopo due giorni ci saranno i resultati. Elizabeth li ha fatto gli auguri per il progresso che fa Antony.

Certo che Elizabeth era molto contenta come andavano le cose, ma di nuovo ricordasse suo figlio che non è vicino a lei anche la sua amica Laura Mancini ha fatto la promessa di contattarla e questi ricordi la fanno stare male, è il momento giusto di chiamarli. Con la grande pazienza Elizabet va avanti. Sembrava tutto tranquillo fino a quando di nuovo non chiama in una mattina la mamma di Antony per dare la notizia più grande ad Elizabet.

- Ciao Elizabeth, sono la mamma di Antony vorrei darti la notizia più bella che c'è. Mi ha chiamato il dottore di Antony e tutti gli esami che abbiamo fatto sono NEGATIVI.

- Ma davvero, non ci posso credere, tanti auguri a tutta la vostra famiglia e in speciale ad Antony. Si questa è una notizia bella.

- Elizabeth grazie di cuore e tanti auguri a te. Tutto grazie a te, Antony è felicissimo.

- No ma che dice, il ragazzo è stato forte ed anche bravo. Salutamelo, ci vediamo come sempre verrò in visita.

- Siamo di nuovo invitati a ripettere tutto che loro sono scioccati di questo risultato ma non mi importa già nulla.

Va bene Elizabeth buon lavoro.

- Anche a voi buona giornata, un abbraccio ad Antony. Ciao.

Questa si che è una notizia Elizabeth voleva informare Maik e Mery. Però ha pensato di farlo stasera a casa. Detto, fatto. Quando si sono seduti per la cena Eliz ha detto:

- Ragazzi ho una notizia! Il bambino che sto seguendo parlo di Antony ha un grande progresso ha vinto la malattia.

- Sicura?- chiede Maik meravigliato.

- Sicurissima, mi ha chiamato la sua mamma. Hanno fatto tutti glli esami e i risultati sono tutti negativi, non c'è il cancro è sparito. Questo è un miracolo. I medici non hanno spiegazioni.

- ELLI e il tuo merito a dire la verita – afferma Mery.

- Mery qualle verità? Di quale merito parli? Non c'entra nulla con quello che faccio io. Ma scherziamo, qui si parla della malattia.

- No ELLI non sono d'accordo, ragazzino ha iniziato il percorso con te, perché era malato. Con il tuo aiuto si è ripreso, ha cominciato a lottare ad un certo punto per la vita e ha vinto. E come una scommessa, è stata una sfida per la malattia. Tutto qua.

- E vero Mery, ma dal punto di vista scientifico non é possibile.

- Però dal punto di vista prattico tutto è possibile cara mia ELLI. Dopo che quando mi sono ripresa io ho capito che tutto è possibile in questo mondo.

- Eliz io sono daccordo con Mery, è anche il tuo merito, al momento giusto hai iniziato seguire questo bambino. Avete vinto tutti e due. Auguri – ha detto molto convinto Maik.

- Ok mi avete convinto. Vado a parlare con mio figlio e anche con la mia amica.

- Non dimenticare di salutare tuo figlio da parte mia poi arrivo anch'io amore - ha parlato Maik dietro.

- Va bene. Mery buonanotte.

- Notte ELLI.

Per fortuna Elizabeth ha parlato con la sua amica e con suo figlio. Certo che con l'amica hanno chiacchierato un po di più, alla fine Laura li ha chiesto se é contenta e anche se é felice con Maik. Elisabeth ha risposto: " Certo sono contentissima e molto felice insieme a Maik". E l'ha salutata. In questo momento è entrato Maik nella stanza e ha sentito ultima frase di Elizabeth. Lui si era commosso, stupito di quella frase. La guardò senza muovere gli occhi, ogni suo movimento, sguardo, ti stupiva di più. Lui voleva prenderla in braccio e correre per tutte le strade e gridare: " *Sono innamorato e sono felice",* perché era dolcissima, leggera, bella e molto appettitosa. Questa giornata dei miracoli non poteva finire senza baci, carezze e un amore pazzesco. Maik la amava più della sua vita. Lei era per lui tutto.

Inizia un'altra nuova giornata. Come solite mattine tutti si preparano per il lavoro si salutano e si augurano una buona giornata. Ogni giorno erà speciale per Elizabeth e anche questo era molto speciale riguardo lei. Appena ientrata nella clinica ha capito tutto. Dott.Stiwart già la aspettava nel suo ufficio. Era pieno di giornalisti. Elizabeth quando ha visto cosa la aspetta li è venuta l'ansia, non poteva respirare.

- Buon giorno si accomodi.

- Buon giorno Dott. Stiwart. Che succede?

- Eh, una bella domanda. Questa volta è impossibile ad evitarli. Tutta la pressa è nella clinica, tutti dalla clinica sono turbati non capiscono nula. La prego lei è una donna inteligente e sarà capace di rispondere alle domande dei giornalisti.

Per che cosa devo parlare con i giornalisti?

- Per caso di Antony, il ragazzino che avete seguito.

- Ma non lo seguito ufficialmente.

- Non importa, mi appena chiamato dal ospedale il suo medico Dott.Edvans e mi hanno dato la notizia di questo bambino. È stato confermato che gli esami ripetuti sono negativi, loro fanno ricerche oncologiche non possono sbagliare.

- Va bene. E allora? Cosa c'entro io con tutto questo?

- Elizabeth basta con questa modestia. Tutti sanno il 15-enne è guarito dal cancro senza cure. Qualche mese fa il ragazzino ha riffiutato le cure mediche, ha smesso di mangiare e ha dichiarato che non vuole vivere. Non è un scherzo, di questo si è parlato prima. Poi lui ha cunosciuto Elizabeth. E fra un mese è successo il miracolo.

- Io non ho fatto niente, è vero facevo le terapie psicologiche per convincerlo di fare le cure lei sa che scientificamente non é possibile.

- E tutto possibile nella nostra vita, e anche é possibile che lei sia un Angelo venuto sulla terra. – dice Dott. Stiwart

- Dott. cosa dice lei, di qualle Angelo parla?

- Veramente, sto pensando lei è un Angelo oppure una Dottoresa ?

- Ma scherziamo Dott. di che cosa parla? Il bambino ha avuto il coraggio di affrontare tutto, l'imunità forte e la voglia di fare.

- Non è vero, tutto questo che ha detto lei, il bambino ha ottenuto con il suo aiuto. Lei ha il dono di convincere, non è solo la tecnica di lavoro, lei è nata con questa forza dalla natura.

- Mi sto faccendo solo il mio lavoro.- afferma Elizabeth.

- Ma perché non vuole riconoscere il suo lavoro, questo non capisco?

Per noi è un onore averla qui. Sa che in poche ore dopo questa notizia la nostra clinica è diventata famosissima.

- Mi imaggino.

- Abbiamo ricevuto miliaia di iscrizioni tutte per lei. Non possiamo riffiutare nessuno, lo dico subito. Saranno tutti ricevuti.

- Come tutti? Non riuscerei fisicamente.

- Per questo ci penso io, ci sono anche suoi coleghi. Invece lei la aspetta una bellissima carriera e un altro contratto, con altre condizioni e un altro stipendio – scrive una cifra sul un foglietto.

Cosa dice dott-sa?

- Dott.Stiwart tutta questa pubblicita non mi interessa, mi piacerebbe di piu come prima, essere una persona semplice, come sempre la sono stata. Poi lavoro qui da poco.

- Non importa da quanto lavori, ma come lavori! Dott-sa Elizabeth qui siamo nelli SUA tutto si fa per i soldi e la pubblicità, lei è l'unica che ci mette il cuore e i sentimenti. Poi quello che mi stupisce di piu e la sua modestia pazzesca che ha.

- No dottore avete tutti essagerato un po', non è vero.

- Ok, per finire tutto questo discorso lei si deve preparare si dia una calmata e mi dice quanto tempo le serve per fare tutto questo. Non è possibile stavolta evitare la pressa. Oggi ho avuto cento chiamate dai giornalisti.

- Va bene venti minuti e sono pronta, poi il mio inglese non é perfetto.

- Questa non perfezione li da una tonalita in più mi creda Dott-sa.

- Dott. Stiwart alle domande che tiene del mio privacy io non rispondo se mi fanno domande del genere io abbandono l'auditoria.

- Dott-sa Lomelli tranquilla sarano avvisati che le domande devono essere solo di carattere proffessionale. Va bene, vengo a prenderla tra venti minuti.

- Ok a dopo.

Elizabeth è arrabbiata con il mondo, non vuole vedere nessuno, trema tutta, decide di chiamare Maik.

- Ciao Maik.

- Ciao amore come stai?

- Per niente bene Maik.

- Successo qualcosa?

- Si, i giornalisti sono nella clinica, devo fare una conferenza stampa. Sono molto agitata.

- ELLI amore mio calmati. Andrà tutto bene, vedrai. La notizia è già andata in tv l'ho visto io proprio adesso. È partita dal ospedale dove si curava Antony. Guarda è una cosa fantastica parlano del bambino di tutto che è successo, come lui ha passato il tempo. Di questo parlano, certo che tocca anche a te, perchè hai seguito questo ragazzino. Ma tu non preoccuparti non hai fatto un omicidio ELLI, hai aiutato un bambino punto basta. Comunque stai tranquila, vengo a prenderti alla stessa ora.

- No no Maik non venire, oggi manda Mery a prendermi sono da per tutto i giornalisti, non voglio che iniziano a parlare di noi.

- Perché ti vegogni?

- Maik è la nostra vita privata non siamo persone pubbliche.

- Io un po sono pubblico, hai dimenticato che sono stato un autopilota sportivo poco fa?

- Infatti Maik, solo per questo non devi venire tu. Non voglio che mi corrano dietro i giornalisti, sai come sono a volte tremendi. Io voglio una vita tranquila e privata vicino a te. Va bene Maik dai, ci vediamo stasera a casa.

Aspetto Mery alle 17.15 Ciao tesoro mio.

- Ok tu prima calmati poi decidi cosa voi. Verrà Mery per prenderti. Ciao gioia mia, buon lavoro. A dopo.

Elizabeth ha parlato con Maik per calmarsi, ma si è agitata di più. Come sempre quando è agitata anche arrabbiata parla da sola: " O DIO che casino, come mai è successo questo e parché proprio con me? Come faccio a parlare con quelle persone, non sono pratica, non sono mai stata intervistata dai giornalisti e poi cosa vogliono sapere su di me? Io non sono un personaggio pubblico, non sono un'artista. Sapere che cosa??? Che sono una psicologa oppure un Angelo ? Come dicono tutti! Che faccio i miracoli! Che gente!!! Mi sto faccendo il mio lavoro, non i miracoli, ho studiato per questo come tutti!

Dicono che con il mio aiuto è guarito il

bambino. Ma che aiuto? Sono io malata, io e non posso aiutarmi, sono io che ho bisogno di un psicologo perché impazzisco! Che pasticcio! Non c'è la faccio più, non c'è lo faccio più! DIO, DIO mio mi manca il respiro. Elizabeth, respira, respira ancora, ancora, ancora e ancora."

Dott. Stiwart bussa la porta.

- Dott-sa Lomelli, lei è pronta?

- Siii, pronta, eccomi qui.

- Dott-sa Elizabeth mi raccomando calma e tranquilla.

- Ok, ok sono calma un po di agitazione.

Sono in auditoria piena con i giornalisti per la conferenza stampa. Elizabeth insieme a Dott. Stiwart si sono accomodati.

Signori e Signore buongiorno a tutti ci scusiamo per il disagio. Come sapete abbiamo un lavoro non facile e non eravamo pronti per questa conferenza. La preghiamo di non fare le domande che tengono la vita privata della Dott-sa Elizabath Lomelli. Allora iniziamo.

1. Dott-sa Lomelli é vero Che avete fatto le terapie con il ragazino Antony Brawn?

- *Si e vero, e un mio paziente.*

2. Dove avete conosciuto questo ragazzino?

- *Ci Siamo conosciuti con suoi genitori, cosi ho saputo della malattia del piccolo Antony.*

3. Come avete reagito quando avete saputo che lui è malato?

- *Un ragazzino che rinuncia alla vita come si può reagire, molto male.*

4. Nella sua pratica ci sono stati ancora pazienti di età come Antony?

- *No, non ci sono mai stati cosi piccoli pazienti.*

5. Quanti anni d'esperienza proffessionale ha lei?

- *Sono dieci anni d'esperienza nella mia carriera.*

6. Dott-sa Lomelli sapete che gli ultimi esami di Antony sono stati confermati negativi?

- *Si sono stata avvisata, però lui rimane lo stesso seguito dai medici.*

7. Dott-sa come crede lei, per la guariggione di Antony lei ha una buona parte del suo merito?

- *A questa domanda vi lascio alla vostra disposizione. Io mi sono fatto il proprio lavoro.*

8. Dott-sa lei come crede il suo piccolo paziente e guarito grazie al suo metodo di lavoro oppure un miracolo?

- *Io sono una persona che credo nella scienza e nelle teorie dimostrati. Lavorando con il mio paziente io sto usando i metodi, io no so fare i miracoli. Noi tutti speriamo ai miracoli.*

9. Dott-sa Lomelli dopo quello che sappiamo il ragazzo ha rinunciato alla vita. Riconosce che è riuscita a convingerlo proprio lei il contrario?

- *In quel momento che facevamo le terapie si, sono riuscita non a convincerlo , ma spiegarli e farli capire il prezzo della vita. Le decisioni le prendeva lui da solo senza essere influenzato.*

10. Ballerina Mery Woods dichiara che soffriva di depressione ed è stata dipendente della droga e altri stuperfacenti. Dopo di che la ringrazia pubblicamente, dove dice " grazie a lei è riuscita ad alzarsi in piedi". Le dichirazioni di Mery Woods sono vere?

- *Se ha dichiarato Mery Woods... A questa domanda risponderei cosi; quando ho conosciuto Mery era davvero in depressione anche dipendente dalle stuperfacenti. Sono stata vicino a Mery nei momenti più diffìcil, ero il suo appoggio quando aveva bisogno, il resto ha fatto Mery grazie alla sua volonta di vincere il male.*

11. Dott-sa Lomelli è vero che lei è arrivata negli SUA non per lavoro?

Elizabeth guardò il Dott. Stiwart.

- *No, non per lavoro.*

12. Ultima domanda Dott-sa per favore.

Lei é felice in SUA riguardo all'Europa?

- *Si, diciamo che mi trovo bene.*

- A questo punto credo di aver risposto a tutte le domande, io ringrazio tutta la stampa e vi auguro buon lavoro e buona giornata. Grazie di cuore a tutti voi.

Il Dott. Stiwart dopo la conferenza oficialmente insieme ai coleghi di Elizabet e venuto a farli gli auguri, complimenti e dire che è stata bravissima è hanno regalato un bellissimo mazzo di rose rosse. Elizabeth erà molto onorata di questa generosita da parte dei suoi coleghi. La giornata è andata a buon fine. Tutti sono stati contenti di quello come è andata la giornata. Elizabeth si sta preparando per andare a casa, Mery già la aspetta fuori.

- Mery ciao! Grazie di essere venuta.
- Ciao ELLI, tutto bene?
- Come dire bene, una giornata tremenda.
- E passato tutto eh ? Mi devo scusare con te ELLI se ti ho fatto tribulare, ma ho solo pensando di fare del bene.
- Ho visto la notizia, già hanno parlato in telegiornale, tu eri stupenda.
- Ma dai, Mery stai scherzando?
- ELLI veramente.Ti sei presentata molto bene; una donna intelligente e le risposte concrete, siccome erano preparate. Benissimo e sopratutto tu bellissima. Mi sei piaciuta molto.
- Grazie Mery, ormai sei diventata la mia amica preziosa qui.
- Questa amica tu l'hai trovata nell'inferno e l'hai tirata fuori.
- Ma che sciocca, cosa stai dicendo? – Eliz ride.
- ELLI ti devo dire una cosa; sto con voi questo mese e basta, poi me ne vado. Ho trovato un appartamentino piccolo per me va bene.
- Mh, adesso pure questa notizia? Dai Mery rimani con noi, non lasciarmi proprio adesso.
- Io non vi lascio, solo che dovrei vivere dall'altra parte. Tu con Maik avete bisogno della vita privata. Non se ne parla neanche.
- Mery prometimi che ci vediamo tutti giorni.
- Ok, per la prima volta qualcuno ha bisogno di me, per questo non posso riffiutarti.
- Voglio arrivare acasa e buttarmi nel letto sono stanchissima. Prima ero libera non faccevo nulla, ora tutta occupata.
- ELLI meno male che sei occupata, cosi é meglio. Siamo arrivati acasa, Maik già sta aspettando.
- Eccoli arrivati! Ciao amore, come è andata?

- Ciao. Ancora viva, ho passato una giornata tremenda credevo che non finiva più. Amore sono stanchissima, mi butto nel letto.

- No Eliz, ho ordinato la pizza tra un po' arriva. Poi ci rilassiamo tutti.

Detto e fatto. Dopo la cena Elizabeth va farsi una doccia e subito nel letto. Quando è arrivato Maik lei già era addormentata. Il Secondo giorno Elizabeth era ben riposata e aveva un bel umore. Come solito al lavoro, tutto e passato tranquilo senza sorprese. Dopo il lavoro doveva andare trovare Antony. Come sempre si fa portare da Maik.

Elizabeth arrivata a casa di Antony, ma lui già la aspettava vicino alla porta era felicissimo, sereno, pieno di vita come non è mai stato.

- Ciao Elizabeth!

- Ciao Antony! Auguroni! Allora c'è l'abbiamo fatta! Contento?

- Eh già, non so che dire. Altro che contento. Grazie a te!

- Adesso noi con te dobbiamo fare un accordo. Tu inizia una nuova vita e non pensare al passato ok? Le nostre terapie sono andate a buon fine. Eh, sei contento? Abbiamo vinto noi, devi pensare che sei più forte al mondo.

- Adesso tu non vieni più?

- No ci vediamo, ma non cosi spesso come prima, perché lovoro gioia. Però tu se voi puoi venire a trovarmi con la mamma quando vuoi tu nella clinica e anche acasa. Ok ?

- Sii va bene. Molto gentile ELLI da parte tua.

- Antony mi raccomando ricordati sempre che solo noi siamo capaci di cambiare la nostra vita.

- Elizabeth dimmi quali sono i valori della tua vita?

- I miei valori? Bella domanda?

- Ne parleremo un'altra volta. Devo andare Antony.

- Ho capito non mi vuoi parlare dei tuoi valori.

- No, sono di fretta piccolo mio. Scusami che ti dico piccolo, dico solo perché ti adoro come persona, ormai sei diventato uno dei miei valori.

Degli'altri parleremo un'altra volta, dai ti prometto le nostre terapie li continueremo una volta alla settimana.

- Veramente?

- Che cosa?

- Che io sono uno dei tuoi valori?

- È vero, perché sei un ragazzo speciale, diverso da tutti. Aprezzo molto.

- Grazie ELLI! Mi sento importante.

- Adesso saluto tua mamma e vado. Ciao, ciao.

Tutti sono contenti e soddisfatti per come andavano le cose. Antony ha preso il suo diario nuovo, regalato da Elizabeth e aveva voglia in questo momento di scrivere qualche frase importante per lui.

" *Sono stato molto comosso quando ho sentito che sono diventato uno dei suoi valori. Dott-sa Elizabeth è diventata per me una persona speciale, che con la sua intelligenza ha cambiato le mie scelte e idee.*

E l'unica che é riuscita a cambiare qualcosa su di me. La mia Vita."

Elizabeth tornava acasa pensando a Maik. Stasera lui non ha aspettato la sua ELLI, è andato a preparare la cena vuole stupire la sua adorata ELLI, ma cosa sta combinando? Nella mente di Eliz passa di tutto anche la domanda che ha fatto Antony; "Quale sono i valori della sua vita?"

Suo Figlio ,Amore, Amici veri – questi sono i valori della sua vita. Ma perché non avevo la risposta prima – pensava Eliz?

Finalmente è arrivata acasa Maik con Mery hanno cuccinato quolcosadi buono, c'è un bel profumino.

- Ciao ragazzi.

- Eccola ciao, sei stanca – ha chiesto Mery?

- Ma si un po'.

- Amore c'è una sorpresa per te, dai tutti a tavola, noi con Mery siamo stati dei cuochi.

- Mmm molto gentile, vediamo. O DIO, che bellezza, ma che festa c'è? Anche lo spumante!

- Allora io vorrei brindare carissime ragazze. Ognuna di voi per me conta molto. Vorrei dire a Mery per me lei non è più una amica, ma una sorella è diventata, veramente.

In vece Eizabeth è il mio *grande amore* e vorrei fare una proposta a te Elizabeth, per non perderti mai e saper che sempre mi starai accanto. Tesoro ti chiedo il cuore e la mano. Vorrei sposarti Elizabeth, questo è l'anello per te e la richiesta ufficiale.

- Maik che sorpresa, mi hai lasciato a bocca aperta. Devo rispondere subito, perché questa freta? Sono con te al tuo fianco amore.

- Vorrei che al compimento di un anno di fidanzamento ci sposassimo e facessimo una bella festa.

- Ah, vuoldire che comunque ti sei preparato per questa sera?

- Si, diciamo cosi.

- Mmm, allora per questa occasione avete preparato questa bella cena?

- ELLI io aspetto la tua risposta.

- Maik mi meti in imbarazzo, perché questa fretta, ho bisogno di un po di tempo per pensare!

Non so che dire. Veramente.

- Mi deve dire una risposta SI o NO !!

- Ma si, sono d'accordo Maik, però ne parleremo ancora. Ok?

- Certo, per vedere dove festegigare la festa ovviamente.

Elizabeth insieme a Mery iniziano a ridere di questa risposta di Maik detta con un bell umore.

- Maik io non sono mai stata sposata ufficialmente.

- Allora gioia mia io sono fortunato ti sposerò per primo.

- Ragazzi guardo voi e mi si riempe il cuore di felicità. Sono molto contenta per voi. Tanti auguri. – aggiungi Mery.
- Grazie Mery sei gentilissima – tutte due ringraziano Mery.

Dopo la meravigliosa cena Elizabeth era di nuovo tutta in pensieri, questa proposta non se la apettava mai, era preocupata per suo figlio. Anche lui non si sa come reagirà a questa notizia. Lei non si era sposata con suo padre, per questo suo figlio può stare anche male.

Elizabet è andata in camera sua, come sempre quando è agitata fa il suo pensiero in voce: " Va bene dai, vuoldire che è il mio destino questo lascio andare le cose da sole. Sono le sorprese del mio destino e della mia vita, devo accettare cosi come è." In questo momento è entrato Maik in camera per vedere cosa fa Elizabeth.

- Amore mi hai lasciato da solo? Dove sei andata?
- No tesoro volevo contattare mio figlio se lo trovo online.
- ELLI è una scusa questa? Che ti succede?
- No Maik, non è una scusa, davvero vorrei parlare con Leo, dirli la notizia è giusto che sappia anche lui. Ma prima sto analizzando le cose, vedi che vivi insieme a una psicologa ed è noioso, devi pensare bene tu se voi questa persona per una vita. Maik il matrimonio è una cosa molto seria, cioé, con le grandi responsabilità.
- Sai, cara mia psicologa; a me piace questo discorso.
- Mi immagino.
- Si professoressa, continua io sono molto attento.
- Mi prendi in giro Maik?
- Nooo ELLI, davvero ti ascolto!
- Allora stavo dicendo che è una cosa seria. Non che solo facciamo la festa con gli amici e ci divertiamo, sono delle grandi responsabilità.

Non capisco perché tu a questa età giovanissima quasi 24 anni voi sposare me che faccio quasi 38 anni...

- Una bella età – sta dicendo con umore Maik.

- Si bella, metà vita ho passato io, non sarà faccile con una come me. E poi se tu ti inamori di nuovo, che è una cosa naturale, ad esempio come è successo a noi. Chi l'avrebbe detto? Cosa fai? il divorzio? Almeno saraì libero non devi tribulare, non hai obbligazioni. In conclusione io non ho niente di contro, solo che tu devi pensare molto bene, perché è un passo importantissimo nella vita per te e anche per me. Nella tua vita succederà ancora tante belle cose, non vorrei che a un certo punto dovreì rovinare tutto.

- Mi capisci Maik?

- Si capisco! Ho già pensato a tutto questo prima, ho avuto tutto il tempo per pensare. Non faccio le cose di fretta, vorrei quella bella data so che tu tieni molto. Dunque desideravo festeggiare a quella data, però possiamo anche cambiare, non e cosi principiale.

- Amore mio, non é che la data non mi piace, per quello che in futuro questa data spero che non ti facia infelice. Ok non volio essere noiosa vorrei sentire anche l'opinione di mio figlio, cosi sarò più decisa.

- Amore tutto il tempo che vuoi! Io vado a salutare Mery .

- Vengo anch'io.

Dopo che si sono detti "buonanotte" Maik e Eliz sono andati ognuno con le sue cose. Maik voleva dormire che era stanco, Eliz voleva scrivere un messaggio a suo figlio. Elizabeth erà preoccupata di come iniziare questo discorso con suo figlio. Li ha mandato un messaggio.

Eliz - *Ciao Leo. Ti devo parlare, è molto importante, scrivimi quando sei libero.*

Leo - *Ciao mama. Dimmi tutto. Che cosa ti poteva succedere dopo il successoin clinica che hai avuto?*

Eliz - *Amore di mamma perché parli cosi, ma da dove hai saputo?*

Leo - *Ha-ha, anche qui mamma hanno parlato del tuo successo in tv e tutti i giornali. Questa notizia ha sorpreso tutti.*

Eliz - *E tu cosa dici?*

Leo - *Mamma sono contento per il tuo successo, io non avevo dubbio che tu saresti arrivata così in alto, ma non cosi presto.*

Eliz - *Scusami Leo, tuo papà lo sa?*

Leo - *A saputo della notizia, ma non ha commentatto in nessun modo. Mamma volevi dirmi quolcosa importante.*

Eliz - *Si ma non ho il coraggio.*

Leo - *Dai, di che cosa si tratta?*

Eliz - *Si tratta di me, Maik mi ha fatto la proposta di sposarmi. Sono confusa non mi sono mai aspettato una proposta del genere.*

Leo - *Mamma tu sempre mi hai insegnato di faere le cose con il cuore. Non posso darti nessun consiglio. Devi decidere tu.*
Però ti vorrei felice tu hai sofferto abbastanza.
Non pensare di essere giudicata io rispetto la tua decisione Qualsiasi essa sia.

Eliz - *Grazie Leo parli come un vero uomo. Va bene, dimmi un po' tu stai bene? Hai qualche novita riguardo a te?*

Leo - *Mamma io sto bene niente di nuovo.*

Eliz - *Ok, buonanotte, amore di mamma. Un bacio.*

Leo - *Un saluto a Maik. Mamma buonanotte a presto. Baci baci.*

Eliz - *Ti saluta anche lui. Ciao.*

Capitolo V

MATRIMOGNIO

Elizabeth e più contenta che ha parlato con Leo è più chiara nei suoi pensieri, ma la frase di suo figlio l'ha lasciata senza parole; *ti voglio felice mamma,* le sta al cuore proprio questa frase. Quando Eliz si è accorta Maik era addormentato. Ed è andata vicino a lui.

- Amore dormi? Guarda che arrivo, ho un vulcano di felicita nell'anima.

Maik si sveglia e guarda come Elizabeth è diversa delle altre volte, era molto impulsiva di solito un po timidina, ma oggi davvero senza freni, non pensa a nulla veramente è una selvaggia. A Maik questo gioco è piaciuto lo desiderava molto in questa maniera.

Per lui la donna ideale non è quella che ti asseconda, ma quella che ti ribalta la vita, i sogni, le idee. Quella che ti fa vivere. E questa é la sua Elizabeth.

Invece Elizabeth pensava: basta comportarsi come una topolina grigia è il momento di cambiare il colore, di tirare la grinta, quello che stava facendo. Pensava alle parole di Leo e Maik: "Che deve essere felice", alla fine la felicita la creiamo noi. Elizabeth è decisa deffinitivamente per il futuro inseme ad Maik.

- Amore mi hai regalato una serata stupenda e tu sei fantastica e stupenda come non sei mai stata. Ti vorrei cosi tutta la vita.

- Maik ti prometto che cosi sarà tutta la vita. Tu sei la persona che mi fa viaggiare in un'altro mondo anche con il pensiero. Tu sei riuscito a farmi vedere tutti i colori dell arcobaleno pure della vita, io vedevo solo grigio. E io per questo ti amo, perche sei speciale.

Dopo questa sera avevano ancora ben due mesi alla loro disposizione per arivare alla data preferita. Ogni giorno facevano i piani, pensavano per ogni detaglio volevano essere all'altezza. Maik e Elizabeth volevano organizzare non un matrimonio, ma una favola. E lei voleva essere la Regina. Tutto quello che riguardava le preparazioni del matrimonio sono riusciti a fare: abito da sposa, le fede e il posto per festeggiare già era pronto tutto. Sono stati mandati anche gli inviti per tutti i loro amici e coleghi. Elizabet ha invitato Antony di persona non poteva mancare e anche i suoi genitori. Mery già sapeva che sarebbero i testimoni degli sposi. Leonardo figlio di Elizabeth già si preparava per il viaggio, per vedere sua mamma vestita di bianco. Aspettavono la datta principale della loro vita **17.07.15** questa data ha per ognuno di loro è un significato. Sono molto felici tutti e due, il tempo passa e sono negli ultimi tre giorni prima del matrimonio. La loro favola inizia, solo pensare dove passera la loro grande festa ti vengono i brividi. Un posto meraviglioso, la chiesa dove si sposerano è vicino al mare, le cose parlano da sole. Cosi si immaginava Elizabeth il suo matrimonio da bambina. Oggi arriva il figlio di Elizabeth, Leonardo con due giorni prima del matrimonio. Elizabeth insieme a Maik aspettano in aereoporto che arriva Leonardo. Eliz ha emozioni e anche Maik, sarà per la prima volta a conoscere il figlio di Elizabeth. Eccolo Eliz l'ha già visto il suo figlio, lo sta abbracciando forte forte. Questa sera sara una grande festa; Mery prepara una sorpresa per Elizabeth, per stasera sarà una festa per la sposa con le amiche. Anche per Maik tocca questa festa per gli sposi, con lui andrà anche Leonardo. innanzitutto prima si va a vedere un po le belle strade di New York, poi finisce con la bella cena.

Elizabeth non sapeva di questa festa della sposa che ha preparato Mery. Dopo questo bel divertimento per la festa dei single, gli sposi si sono incontrati solo al mattino. Da quando è arrivato Leo, Elizabeth non ha ancora trovato tempo per parlare con lui, solo loro due, come madre con figlio. Ma anche oggi è molto dura si devono preparare tutti per andare in un posto dove si festeggerà il matrimonio, un meraviglioso albergo sulla spiaggia al mare dove ce anche la basilica. Qui al aperto sarà la loro festa di matrimonio. Questo è un sogno di Elizabeth, Maik vuole realizzarlo. I giorni per prepararsi sono finiti, sono già arrivati nell'albergo guardano tutti i dettagli per essere pronti; le decorazioni, i fiori, il catering, se tutto è come si voleva. Domani sarà il giorno più grande, bello e stupendo della loro vita.

E Leo dovrà portare sua mamma all altare, un bel impegno, non si aspettava di farlo, però non può riffiutare a sua madre. Leo anche lui ha pensato una sorpresa per sua mamma, anche questa sorpresa faceva parte del sogno di Elizabeth. Domani mattina Leo porterà sua mamma in chiesa con la carozza e i cavalli bianchi, vuole vederla come una regina. In un attimo Leonardo ha trovato tutto su internet siamo nel secolo XXI - il secolo delle grande tecnologie, che è fantastico e anche molto utile. Tutti hanno un ruolo importantissimo per il giorno didomani. Ognuno sta preparando una sorpresa per la sposa;

Leo la carozza con i cavalli bianchi,

Mery sta organizzando uno show con i ballerini.

Dopo una bella cena nel albergo con una bella famiglia tutti si preparano di andare presto a dormire nella propria stanza, al mattino devono essere ben riposati per il giorno di matrimonio di Elizabeth e Maik. È la prima volta che dormerano nelle stanze diverse Maik con Elizabeth, da quando vivono insieme. Leo accompagnia sua mamma in camera, è il momento quando si devono parlare da soli e deve incoraggiare sua mamma. Arrivò Maik, teneva una scatolina in mano, salutò sua futura moglie e li augurò una notte tranquilla. Allungò la mano con la scatolina per Elizabeth.

- Regina mia, buonanotte ci vediamo domani in chiesa! Questo è il regalo nuziale per te, vorrei che tu domani lo metti. Buonanotte!

- Maik sei un dolce tesoro mio, anche io ti dico buonanotte!

Maik la bacia e la abbraccia con delicatezza, poi va nella sua stanza anche lui deve prepararsi lo smoking, le fede e tutto quanto per domani.

Anche Mery come amica della sposa sta ancora una volta facendo due occhiate al vestito, scarpe, gioeli e tutto coò che prepara lei per l'importantissimo giorno di Eliz e Maik. Mentre loro erano occupati Elizabeth con suo figlio stano parlando delle cose che succedono nell'ultimo tempo. Leo guarda sua mamma negli occhi senza dire niente, la stessa cosa fa anche Elizabeth, hanno le lacrime negli occhi.

- Tesoro mio questa lontananza è stata molto dura per noi due. Ti devo chiedere scusa perche ti ho abbandonato.

- Mamma non voglio sentire questo discorso tu non hai abbandonato nessuno, sei stata costretta di proccedere in questo modo e punto. Già sono maggiorenne e decido io da solo per me.

- Finalmente hai cunosciuti Maik, come ti pare lui? Vorrei sentire il tuo parere come ragazzo.

- Direì la verita mamma lo sto invidiando, perché è molto preparato come uomo per la vita. E poi ti ama molto, si vede all'occhio libero niente da dire un bravissimo ragazzo.

- Davvero?

- Veramente mamma.

- È un onore per me sentire tutto questo da te figlio mio.

- Te lo dico con il cuore mamma. Vedo che sei un po emozionata.
- Sii, come tutte le spose prima del matrimonio è una cosa normale. Allora Leo sei pronto per portare la tua mamma dal braccio in chiesa.
- Beh certo, anche per me è un onore mamma.
- Scusami Leo, una domanda indiscreta. Tuo papà sa che io mi sposo, gliel'hai detto?
- Si, gliel'ho detto.
- Cosa ha detto?
- Che è contento per te e ti manda gli auguri!
- Cosi ha detto? E altro nulla?
- Si proprio cosi e altro nulla mamma!
- Grazie di essere venuto Leo.
- Figurati non potevo mancare nel giorno più felice della mia mamma.
- Adesso a nanna amore di mamma, domani dobbiamo essere in gran forma. Buonanotte!
- Buonanotte mamma, ti amo tanto e ti voglio un mondo di bene!
È mattino una giornata bellissima proprio una meraviglia, Elizabeth è sveglia da tanto sta guardando dalla finestra il paesaggio fantastico. È uscita al balcone per respirare un po d'aria fresca vicino al mare prima di prepararsi, la stessa cosa ha fatto anche Maik.
Che bello da vedere il riconoscimento dell'anima gemella può essere immediato. Si avverte un'improvvisa sensazione di familiarità di conoscere già questa persona appena incontrata, ben oltre i limiti cui arriva la mente consapevole. È bello battersi con persuassione, abbracciare la vita e vivere con passione. Perdere con classe e vincere osando, perché il mondo appartiene a chi osa! La vita è troppo bella per essere insignificante.

Elizabeth inizia a preparasi deve essere all'altezza, vuole che questo giorno fosse indimenticabile. Quando era quasi pronta arriva Leo, la guardava infinitamente, era bellissima. Aveva la lettera di suo papà in mano era preoccupato un po'.

- Ciao mamma, sei molto bella, questa lettera te l'ha mandato papà, però mi raccomando niente lacrime. Ok.

- Eliz l'ha guardato negli occhi ha preso la bustina e inizia a leggerla:

"Cara Elizabeth ho saputo del tuo evenimento e non potevo non farti gli auguri. Ti auguro che nella tua vita ci fossero solo giorni sereni e felici. Sarà strano che il tuo ex ti faccia gli auguri per il tuo giorno del matrimonio, però la trovo giusto come cosa per due motivi.

Primo che abbiamo insieme il frutto del nostro amore che è il nostro figlio. Secondo che abbiamo passato tanti anni insieme per il tuo rispetto che ti sei dedicata tutta per la nostra famigli. Ti ho amato a modo mio, sono stato troppo agressivo ed egoista nei tuoi confronti, mi dimenticavo che sei una persona viva, la voglia di commandare mi faceva cieco e non vedevo le persone meravigliose che erano intorno a me - eri tu Elizabeth con mio figlio Leonardo.

Basta perdere una cosa bella nella vita per capire come era importante per te. Dico questo solo perché riconoscere i propri sbagli è una bella cosa, molto umana e non è tardi per mai farlò nella vita.

Per questo io vorrei chiederti perdono per tutto il male che ti ho fatto, nel giorno più importante della tua vita.

Vorrei dirti che le parole di grande Rita Levi Montalcini ti apartengono: Le donne che hanno cambiato il mondo non hanno mai avuto bisognio di mostrare nulla se non la loro intelligenza.

Il tuo ex compagno Fabio."

Queste frasi appena lette l'hanno stupita molto, l'hanno lasciata senza parole, era emozionante, però Elizabeth ha promesso a suo figlio niente lacrime.
- Bene sono pronta!
Mery che era vicina e ha visto le emozioni di Elizabeth le ricorda della scatolina che le ha datto Maik.
- ELLI la scatolina!
- Mi stavo dimenticando.
Elizabeth ha aperto la scatola, è una meraviglia un gioiello bellissimo. Questo apparteneva alla mamma di Maik una collana piena di brillantini. Era l'unico ricordo bello che aveva. Ha sempre desiderato che la mettesse al collo la sua futura moglie nel giorno del matrimonio.
- Aah che bellezza! È il regalo di Maik!
- Apparteneva a sua madre, ci tiene molto lui – li spega Mery aiutandola a metterla al collo.
- Ecco adesso siamo pronte possiamo uscire. – dice molto serena Eliz.
- Esatto, possiamo uscire, Leo ti aspetta fuori, andiamo!
Elizabeth con Mery sono uscite fuori per andare in chiesa. Appena era uscita dall'albergo Elizabeth quando ha visto la carozza con i cavalli bianchi si è bloccata, non aveva parole. Era il suo sogno da ragazzina come una volta. Suo figlio elegantissimo era il cocchiere, la aspettava molto orgolioso per portarla in chiesa. Qui Mery la saluta:
- ELLI ci vediamo in chiesa. Vai che ti aspetta la carozza, è per te!
- Elizabeth si manteneva con fatica le lacrime. Mentre Leo l'aiutava a salire sulla carozza Elizabeth ringraziava suo figlio per questa sorpresa veramente bella.
In chiesa già tutti invitati aspettavano la sposa. Maik era preoccupato perché come tutte le spose anche Elizabeth era venuta in ritardo. Orgoliosa vicino al fianco di suo figlio

faceva i passi verso l'altare dove la aspettava Maik. Avanza passo dopo passo, perché l'amore la chiamava, e lei lo seguiva, anche se le sue vie erano ardue e ripide.

Di regola le grandi decisioni della vita umana hanno a che fare più con gli istinti che con la volontà cosciente e la ragionevolezza.

Lui li prende la mano per la prima volta e la memoria di questo tocco trascina il tempo, e fa sussultare ogni atomo del tuo essere. Lei lo guarda negli occhi, e lui vede l'anima gemella che ti ha accompagnato attraverso i secoli. Si sente rivoltare le viscere. Hanno la pelle d'oca. Tutto, al di fuori di questo momento, perde importanza.

Leonardo quando li passò la mano di sua madre a Maik gli ha detto:

- Maik ti fido la *mano e cuore* di mia mamma. È unica cosa preziosa che ho. È il senso della mia vita, proteggila!

- Grazie Leo, lo proteggerò. È diventata anche per me il senso della mia vita.

- Quindi Maik noi due abbiamo un senso della vita, vero?

- Esatto Leo!

In questo momento sincero che sta succedendo tra di loro è arrivato il prete che iniziò il rituale più bello che esiste nel mondo. Con i passi piccoli si avvicina Antony che sta per portare il cuscinino con le fedi. Era uno spettacolo in cui il prete dice " si può baciare la sposa" . Dopo di che i sposi correvano dalla chiesa fuori, dove li aspettava la carozza reale per il loro matrimonio. Indietro tutti li buttavano il riso con i petali delle rose. Tutti vanno a festeggiare il loro matrimonio. La festa inizia con il primo ballo degli sposi. Musica, show, ballerini e gentilissimi camerieri tutto questo er organizzato da Mery con grande delicatezza. Festeggiando con il mare vicino, vedere il tramonto era una serata fantastica, romantica come ognuno di_noi sta sognando invece il loro sogno si era realizzato. La festa finisce con il taglio della torta e le candele per tutti gli ospiti che li lasciano volare nello spazio con un desiderio messo da ognuno di loro. Tutti i suoi invitati prima di andare li fanno i complimenti per la bella festa e saluti affettuosi. In questo splendore finisce la la loro festa.

Per Maik e Elizabeth si è preparata la stanza degli sposi più bella dell'albergo, la serata romantica continua solo per loro due. Maik l'ha portata in braccio fino in camera e festeggiano soli con lo spumante, fragole, belle parole d'amore. Maik con la grande delicatezza la sta baciando e accarezzando come se fosse la sua Eliz una farfalla e avesse la paura di rimuovere i colori dalle legerissime ali.

Mentre Leo e Mery decidono di passare tutta la spiaggia in lungo del mare, cosi hanno parlato di tutto della loro vita, dei loro impegni, sogni e desideri. Hanno passato anche loro una serata splendida conoscendossi meglio uno con altro, incontrano l'alba sulla spiaggia in una compagnia che fino ad ieri non conoscevi è una cosa meravigliosa, fantastica.

Al mattino di nuovo tutti come una famiglia unita insieme fanno colazione parlano che fra tre giorni Leonardo torna in Italia, ma proprio in questo giorno anche Elizabeth con Maik vanno in un viaggio di nozze. Tutti questi giorni Elizabeth prova di far vedere i più bei posti di New York a Leonardo, dare tutta la sua attenzione da mamma, perché dopo di nuovo li aspetta una grande lontananza, non si sa quando saranno di nuovo vicini. Belle passeggiate shopping e divertimenti sono stati questi tre giorni e sono passati come un attimo.

Arrivato il momento per Leo di salutarlo, una giornata molto solare e tutti sono con un bel umore. Elizabeth sta preparando le sue valigie per il viaggio di nozze, Maik sta per andare in Italia e anche Mery con le sue perché si trasferisce alla sua nuova casa. Prima di partire si sono abbracciati con Mery l'ha invitata anche in vacanza in Italia. E molto bello quando le persone in poco tempo diventano amici come da una vita.

Di nuovo abbracci in aereoporto sta volta con la mamma e Maik. Leo e comosso ma si trattiene dal non piangere , perché sua mamma va inun viaggio di nozze non vuole farla triste, si merita di essere felice, pensa lui.

Qualcosa di fantastico saranno tutti nello spazio ma con le strade diverse. Anche questa volta Maik ha portato Elizabeth nei posti più belli degli SUA. Hanno avuto un viaggio pazzesco, come al solito Maik e all altezza per sorprendere, commuovere, emozionare la sua

adorabile moglie.

Il Viaggio di nozze è finito, si torna alla vita cuotidiana. Tra il lavoro in clinica con i pazienti e suo marito che facevanno una vita famiigliare sono passati ben sei mesi. Erano contenti della loro vita e tutto quello che facevano era con rispetto e amore, sembrava che la storia finisce qui, ma non era andata cosi. Andava tutto bene fino ad un certo punto quando in una delle giornate Elizabeth è svenuta.

Maik spaventatissimo insistiva a portarla all ospedale, oppure chiamare le guardie mediche, ma niente da fare. Elizabeth l'ha convinto che le girava la testa per stanchezza e non va da nessuna parte. Non era finita qua Elizabeth ogni giorno si sentiva più debole e più debole, la stanchezza e i giri di testa non passavano mai. Elizabeth è svenuta di nuovo, meno male che Maik era vicino, questa volta non ha voluto sentire nulla. Ha chiamato subito la guardia medica per portarla in ospedale. Elizabeth è ricoverata in ospedale, sono stati fatti tutti gli esami necessari per scoprire che cosa l'ha fatta stare male. Maik sempre vicino a Elizabeth, non va al lavoro non va acasa, sta male anche lui. Il secondo giorno il dottore l'ha chiamato per dare le notizie sulla salute della sua Eliz. Le notizie erano due una positiva l'altra negativa come al solito succede nella vita non va sempre tutto bene, purtroppo vengono anche le disgrazie. Maik decide di iniziare con la negativa.

- Alora Maik i resultati degli analisi sono tutti messi male, tutti, e abbiamo fatto anche la tumografia, c'è un tumore al cervello, non è grande, per questa ha giri_di testa ed è anche svenuta. Il pericolo c'e, ma ci sono anche delle speranze.

- Dottore, non ci credo, come mai? E qual'è la positiva, peggio di cosi?

- La bella notizia che Elizabeth è incinta. Però ...

- Come in incinta? E adesso come facciamo?

- Non può tenere la gravidanza Maik, deve curarsi, impossibile curarsi in una situazione del genere, il bambino non sarà sano per la colpa dei farmaci, capisci.

- Dottore c'è la possibilità che vi siete sbagliati?

- Vorei anch'io che fossimo sbaglia ti per ogni paziente con questa diagnosi, solo uno percento ti do che ci siamo sbagliati. Mi dispiace.

- E adesso come faccio a dire con Elizabeth tutto questo dottore?

- Vediamo, ci penso io, lo faremo insieme. Adesso andiamo da lei e con delicatezza le spiegheremo.

Elizabeth aspettava che venisse Maik per portarla acasa, era annoiata, lei non sopporta gli ospedali non le piace stare qua. In questo momento entra il dottore con Maik, Eliz li sta guardondo meravigliata.

Il dottore li sta chiedendo come si sentiva se ha cambiato quolcosina da

quando è ricoverata , oppure ha altri sintomi. Elizabeth non risponde niente. Maik vede che lei è triste, e prova tirarli un po di attenzione.

- Elizabeth abiamo i risultati degli esami, sono due notizie, positiva e l'altra negativa.

- Iniziamo con la bruta dottore!

- Anche lei è una dottoressa deve essere pronta per qualsiasi cosa, vero ?

- Perché, proprio cosi male va?

- Beh, non tanto male ci sono anche delle belle notize, però abbiamo trovato un piccolino tumore nel cervello, ma questo si può curare non e niente di grave, questo la deve incoraggiare.

- Sii ho capito e l'altra bella?

- La bella notizia è che lei è incinta.

- Noo sul serio, ma non ci credo io incincinta, ma che meraviglia, Maik hai sentito sono incinta.

- Elizabeth io come il suo dottore, le devo dire una cosa, per curarsi non può tenere la gravidanza. Altrimenti non si può curare lei. Non si può lasciare la gravidanza ripeto non scherziamo con la salute.

- Dottore scusa ma lei è impazzito, mi sta dicendo che mi devo curare e non
lasciare la gravidanza, io rifiuto curarmi,
oggi io vado acasa e punto.

- Dott-sa Lomelli la sua salute è in pericolo, il tumore è sempre in fase di crescità lei rischia di perdere la vita. Dobbiamo fare gli interventi come li facciamo? Non posiamo intervenire se lei è incinta .

- Non faciamo nessun intervento, io lascio la gravidanza, questa è la mia scelta. Sono stata chiara.

- Eliz amore mio perché sei agitata? Il dottore ti sta spiegando con calma!

- Elizabeth lei si deve calmare, pensare e con la testa chiara prendere una decisione.

- Esatto a casa io ci penso, non rimango un minuto in più qui.

- Va bene intanto potete pensare qualche giorno ma non troppi dobbiamo procedere subito.

- Va bene dottore lo faremo sapere subito. Buona giornata.

Capitolo VI

SCELTA

Questa notizia ha distrutto il cuore di Eliz e Maik. Maik propone ad Elizabeth di non andare a lavorare di stare a casa avere più cura di se.

Non c'è da fare Eliz riffiuta, litigano sono giù di morale è triste. Eliz ha chiesto a Maik di non dire nulla con suo figlio, per non spaventarlo. I Discorsi iniziano di nuovo.

- Amore mio io vorrei un bambino, ma non vorrei perderti, ma non in queste condizioni, le cose possiamo farle anche con grande pazienza una dopo l'altra. Hai sentito cosa ha detto il dottore?

- Maik tesoro la scienza a volte sbaglia, tranquillo, calmati devi reagire con la testa chiara.

- Non posso calmarmi ELLI, ho perso una persona cara a me, non voglio perdere di nuovo, mi devi capire! In questa maniera mi sono fidato di mia mamma, e cosa è uscito alla fine, che non c'è più? Non sono d'accordo. Sono padre del bambino decido anch'io non solo tu.

- Amore calmati tutto andrà bene vedrai, farò delle cure che non danneggiano al bambino. E andrà a buon fine, dopo la nascita del bambino mi fanno l'intervento subito. Ok, non cercare di convincermi.

- Non dovrei lasciare che succeda qualcosa con te tuo figlio non mi perdonera mai, mai! Nemmeno io. Faciamo cosi tu pensaci ancora, fai un'analisi come fai di solito, ok?

- Ho analisato abbastanza Maik. Come andrà - andrà e qui finiamo questo discorso inutile.

Maik e arrabbiato con il mondo, non ci può credere che la vita è cosi dura con lui. Si è ricordato sua madre che non voleva rinunciare alla droga. Maik ha accetatto la sfida con il destino. Elizabeth ha continuato ad andare al lavoro fino che la gravidanza si vedeva ad occhio libero, la sua malattia l'ha tenuta in segreto. Adesso sta a casa si sta curando con le cose naturali e vitamine, Eliz ha una grande voglia di andare contro la malattia. I mesi passano il pancione cresce e siamo nell'ultimo mese di gravidanza. Ogni mese era seguita dai medici per vedere come si sviluppa il bambino, cresceva molto bene non c'era alcun pericolo, invece il tumore erà cresciuto anche lui. Ultimamente le debolezze erano ogni giorno più grandi. Per tanto tempo Elizabeth non si è vista con Mery solo al telefono, in un giorno Mery viene a trovarla era molto stupita quando ha visto il pancione era molto meravigliata di quello che ha visto.

- Ciao, ma come mai non mi avete detto di questa meraviglia?
- Beh, era una sorpresa per tutti Mery, anche Leo non lo sa, Eliz non vuole dire prima, hai capito.
- Eh, l'avete fatto proprio questa la sorpresa? Guarda che bella è ELLI! Ma un po semri stanca, stai bene ELLI?- chiede curiosa Mery.
- Certo sto bene, mi mancano le forze, fra qualche giorno devo partorire.
- Eliz non so se ci sono più coraggiosi di te, avrai anche un bambino e Maik diventerà papà. Sarà un maschio oppure una femmina?
- Sarà una femmina Mery!
- Ragazzi auguroni! Dai Elizabeth mi raccomando stammi bene, se hai bisogno di aiuto io ci sono.
- Grazie Mery molto gentile! Anche tu stammi bene ti trovo in gran forma.
- Grazie ELLI! Alora ci vediamo ancora! Ciao !
- Ciao Mery! Vieni a trovarmi quando vuoi.

È arrivato il giorno quando Elizabeth ha sentito che si avvicina la nascita del bambino. Aveva male da per tutto e sono andate le acque.

Maik ha chiamato l'ambulanza e subito l'hanno portata all ospedale. Dopo qualche ora era nata la piccola, la nascita e stata complicata, perché Elizabeth non aveva più la forza. Questo momento speciale che da tempo Elizabeth lo aspettava finalmente è arrivato. Elizabeth ha visto la sua bella creaturina, era piccina. I medici li hanno messo la bambina vicino a lei. Elizabeth ha baciato la bambina, l'ha toccata, e ha detto Rihanna, questa è Rihanna-Maria ed è svenuta. Maik era vicino ad Eliz ha sentito bene l'ultima parola che ha detto "Rihanna-Maria", è successo tutto nei suoi occhi in pochi secondi. La tragedia è arrivata, Maik non può perdonarsi che è successo questo con Elizabeth. I dottori li chiedono di uscire in sala d'attesa. Elizabeth deve essere urgentamente operata lei è viva, però bisogna intervenire subito, non c'è tempo già è tardi. Maik è distrutto piange.

- Dottore salvatela per favore!!!

- Maik ti devi calmare, facciamo tutto il possibile. La bambina sta bene è sana tu devi essere sereno, non va tutto così male. Abbiamo saputo dall inizio che ci aspetta questo, devi essere forte. Dai forza!

Maik è molto disperato li cade il mondo addosso, sta chiamando Mery per dirle tutto quello che è successo. Non risponde, Maik chiama di nuovo.

- Finalmente trovata! - dice Maik.

- Maik ? Ciao, è successo qualcosa hai la voce strana?

- Eh già, Eliz, sta male sono in ospedale – non può parlare dal pianto.

- Maik ho capito tutto, arrivo subito calmati.

Arrivata Mery, preoccupata, sta calmando Maik. Lui le sta spiegando tutto quello che successo, tutta la storia, perche

Mery non sapeva nulla della malattia di Elizabet. Mery è in shock, non ha parole per quello che ha deciso Elizabeth. È una decisione dura, però non si può giudicare, solo lei sa perché ha fatto cosi. Mery insieme a Maik aspettano in sala d'attesa, sono passate quattro ore, finalmente arriva un dottore.

- Dottore ci sono qualche notizie?
- Si abbiamo finito l'intervento. L'operazione è andata bene, Elizabeth per adesso sta in reanimazione per svegliarsi perche è andata in coma, il polso è normale la situazione critica è passata già. Dobbiamo aspettare con la pazienza.
- E la bambina come sta dottore ? – chiede Mery.
- La bambina sta bene è sotto controllo, non ce nessun pericolo per lei. Dovete andare a riposare anche voi. Io personalmente vi faccio sapere quando si sveglierà sua moglie.
- Grazie dottore, aspettiamo la sua chiamata. Ciao buona serata.
- Maik andrà tutto bene, dai ti porto a casa.
- Mery dobbiamo chiamare il figlio di Eliz per dire tutto quello che successo. Come faccio a dirlo?
- Leo non sa niente ancora???
- No, perche cosi ha deciso Eliz, non è giusto, lui adesso c'è l'avrà con me. Vedrai!
- No, non preoccuparti, se vuoi provo anch'io a spiegarli.
- Grazie Mery veramente sei come una sorella. Ho una grande paura.
- Di che cosa?
- Se succeda il peggio cosa faccio io, da solo e anche con la bambina?
- Non dire stupidate Maik ci sono io, e ti aiuterò sempre, poi c'è anche il figlio di Eliz. Poi dai che ELLI è forte e andrà tutto bene, vedrai. Adesso andiamo a chiamare Leonardo.

Maik distrutto a pezzi chiama Leo sul sito, gli vuole proprio parlare.

Maik - Leo ciao sono Maik.

Leo - Ciao Maik.

Maik - Leo ti devo dire una cosa, però tranquilo ok?

Leo - Successo qualche cosa?

Maik - Si, non so come dirti, però...

Leo - Maik parla che successo?

Maik - Tua mamma sta male.

Leo - Mia mamma, come mai?

Maik - Ha un tumore al cervello, oggi l'hanno operata, ma non si è ancora sveglia è andata in coma. Sai c'è ancora qualcosa che tu non lo sai. Elizabeth oggi ha partorito una bambina prima dell'intervento, dopo di che è svenuta. La bambina sta bene.

Leo - Nooo e tu mi dici tutto questo adesso Maik???

Maik - Leo perdonami, so che è dura, al tuo posto direi lo stesso. Però Eliz non mi ha mai permesso didire per non farti preoccupare.

Leo - Ma tu Maik dovevi dirmi tutto, la mamma poteva dire tutto quello che vuole. Almeno di nascosto potevi farmi sapere.

Maik - Hai ragione Leo, però Eliz ha deciso cosi e non si può fare nulla. Dobbiamo con la pazienza aspettare che lei si svegli.

Leo - Tu mi hai promesso di proteggerla!

Maik -È quello che faccio. Ascolta Leo abbiamo scoperto il tumore tardi, la tua mamma già era inincinta il dottore gliel'ha detto con tua mamma che è pericoloso, lei ha riffiutato curarsi non ha voluto rinunciare ala gravidanza e io non sono stato capace di convincerla e no mi ha permesso di parlare con nesuno. Credimi.

Leo - Comunque hai sbagliato, si tratta della salute.

Maik - Si lo so ho sbagliato, però non abbiamo tempo per cercare i colpevoli. Vorei dirti di venire qua sarebbe giusto se le stessi vicino.

Leo - E la bambina sta bene, comesi chiama?

Maik - Bambina si chiama Rihanna- Maria e sta bene.

Leo - Adesso sei diventato papà ed io ho una sorellina. Auguri.

Maik - Eh già, grazie.
Leo - Ok Maik informami su di tutto quello che succede, al prima possibile io arrivo negli SUA Va bene ,Ciao Maik.

Maik - Ciao Leo.

Dopo tutto questo discorso Maik si è tolto un grande peso dall'anima, però erà distrutto lo stesso. Aspettava qualche notizi dall'ospedale, ma notizie niente. Decide di andare all'ospedale per vedere Elizabeth.
Non è in grado di capire e non vuole capire che è successa questa tragedia proprio con lui. Mery lo accompagna all'ospedale, però belle notizie non ci sono. Elizabeth non da nessun segno di vita, aveva solo il cuore che sbatteva. Maik gliel'ha chiesto a Mery di tornare di nuovo a casa sua che non c'è la fa ad andare avanti. Una settimana è passata la piccola Rihanna- Maria deve essere portata a casa. Maik già ha deciso di occuparsi da solo della piccola bambina con l'aiuto di Mery. Il Tempo passa , e anche molto veloce. Ogni giorno

Maik va con la piccola Rihanna- Maria per vedere la loro mamma e ogni giorno parla con Leo della situazione di Elizabeth. Trovare Elizabeth è arrivato anche Antony, soffriva anche lui a suo modo con il cuore spezzato. Ha portato il suo regalo per Eliz e l'ha messo vicino a lei, era l'albero della vita il suo dipinto.

Per occuparsi meglio della bambina Maik non va al lavoro.

Sono passati ben sei mesi, Leo decide di venire negli SUA per stare vicino alla mamma e alla sua nuova famiglia, perché adesso devono essere più uniti come non sono mai stati. Con l'arrivo di Leo e con la gioia di Rihanna-Maria la vita andava avanti.

Capitolo VII

ALTRO MONDO

Solo Elizabeth era ferma con il tempo e non era chiaro per nessuno perché andava cosi. Al suo corpo mancava l'anima. Infatti era proprio cosi; la sua anima erà vicino e vedeva tutto, sentiva tutto, vedeva come tutti si avvicinavano al suo corpo piangevano. Andava da per tutto guardare, ha capito che può volare anche da per tutto. Si è sentita libera, senza obblighi, aveva tutto il tempo che voleva solo per lei. E ogni volta quando volava vedeva anche altre anime, ma nessuna non si avvicinava. In una delle giornate quando decise di volare lontano lontano, era arrivata al mare, ma anche il mare non era come al solito tutto nuvoloso grigio. Elizabeth sentiva una voce, ma non vedeva nessuno. Ha sentito il suo nome e subito si era accorta dall improvviso c'era una donna, un'anima come lei la chiamò con il suo nome Elizabeth. Una donna molto bella sembrava un angelo. Elizabeth la guardò senza dire niente. Alla fine una voce di miele dice:
- Sono venuta a prenderti e accompagnarti, abbiamo la strada lunga, sei pronta per andare. Secondo me non sei ancora pronta, non sei decisa cosa vuoi, qui sei tra due mondi, veni con me.
Elizabeth non dice nulla, solo guarda tutta incuriosita.
- Qui ti devi decidere se veni con me oppure torni.
Elizabeth solo guarda e non le dice nemmeno una parola.
- Ti dovrei portare in un altro mondo molto diverso da quello che vieni tu. Direi la verita mi spiace portarti guarda indietro come ti amano e sperano che tutorni da loro. Sei una fortunata. Andiamo ti faccio vedere anche altre cose magari riesci a decidere, comunque non puoi stare per tanto tra i due mondi.

Elizabeth e la misteriosa donna sono volate su su da dove si vedeva tutto tutto.

- Da qui siamo seguiti sempre quando siamo sulla terra. Vedi? Dai veni ti porto più lontano.

Questo angelo-donna l'ha portata in posti strani che non ha mai visto. Erano i deserti di diversi colori scuri e tristi, e non c'erà neanche la terra tutto cenere e polvere, ma loro volavano lontano lontano e nell'orizonte si vedeva un po di colore piu vivo. Quando sono arrivati in quei posti più vivi quella misteriosa donna le ha detto:

- Tu rimani qui io dovrei andare. Pensaci cosa voi? Decidi!

Elizabeth non capiva niente cosa volevano da lei e non aveva nessuna voglia di decidere. Perché dovrebbe? E passato tanto tempo non si puo sapere quanto, qui non c'è notte non c'è giorno. Di nuovo arriva quella donna.

- Allora cosa mi dici?, cos'hai deciso, niente anche oggi?

- Niente, anche oggi – risponde Elizabeth con la voce bassa.

- E cosa voi tu?

- E tu cosa voi da me? – grida Elizabeth.

- Tu non ami nesuno, non ti dispiace per nessuno! Invece tutti ti vogliono bene e sei amata nella tua terra.

- E tu? Tu perche sei qui, non sei stata amata?

- Io sono stata un'egoista e non vedevo chi mi ama e chi no! Pensavo solo per il mio bene, e per i altri no.

- E proprio tu mi stai insegnando cosa devo fare?

- Si, perché tu hai la possibilita di scegliere tornare alla vita di prima, oppure andare in un'altro mondo. Io le possibilita non le avevo, per questo pago adesso. Ma tu pensaci il tempo ce l'hai tutto quello che vuoi, è passato solo mezz'anno. Io vado, torno dopo.

- Perchè devi tornare?- chiede Elizabeth.

- Ho una missione e la dovrei compiere.

Elizabeth si abituava con questo mondo, ma non si ricordava dell'altro niente. Dopo qualche tempo passato di nuovo vede sua amica che arriva.

- Ei che fai? Hai deciso qualcosa?

- No, non ho deciso nulla, non so cosa decidere!

- Sono rimasti pochi giorni e devi essere sicura di quello che voi.

- E se non sarò decisa, cosa succedera?

- Elizabeth meglio essere decisa. Tu stai qui quasi un anno. È il tempo di sapere cosa voi.

- Hai detto Elizabeth? Questo è il mio nome, da dove lo sai?

- Io so tutto. So che anche la tua piccola compie un anno. Non vuoi essere vicino a lei alla sua prima festa.

- La mia piccola? Non ho una piccola, sono da sola.

- Ricordati, tu hai datto la luce ad una bambina e per questo sei qui. Tu non ti ricordi niente? Andiamo con me dai moviti.

- No lasciami qui.

- Tu hai paura, dammi la mano io no ti lascio tu devi ricordare tutto.

Di nuovo sono volate in alto molto alto, dove tutto si vede.

- Guarda vedi? Tutte quelle persone sono i tuoi cari che ti vogliono bene e ogni giorno vengono a vederti in ospedale, vedi. E quella piccolina e la tua bambina guardali come sono tristi e ti aspettano che tu apri gli occhi e ti alzi. Invece io quando, quando erò come te, non veniva nessuno, nessuno. Ma loro hanno bisogno di te.

- Chi, chi ha bisognio di me? Non li conosco, non so chi sono loro.

- Elizabeth quella piccola è tua figlia, quello è tuo figlio, e l'altro e tuo marito, quella è tua amica!!! Prova a ricordarti e importante!!!

Davero Elizabeth non ricordava niente, era difficile per lei capire tutto questo e perchè doveva farlo?

- Cosa voi capire è un'altro mondo qui non c'è la gioia e la felicità, tutto è triste, magari se vai avanti sarebbe più sereno, però io non sono stata mai da quella parte. Chissà se mai andrò.

- Sii hai ragione e un'altra vita qui, però c'è qualcosa che mi attrae.

- Domani tua figlia compie un anno, è un anno che non sei vicino a loro. Ma loro sono con la speranza, ogni giorno ti aspettano.

- Mi aspettano?

- Certo, adesso vieni con me da un'altra parte, vorrei farti vedere una cosa spettacolare.

Di nuovo sono volati, questa volta molto lontano in un posto davvero molto strano.

Elizabeth sta guardando quel posto era meravigliata di tutto che vedeva.

- Ma questo pesaggio io l'ho visto!

- Dove l'hai visto?

- Mmm no mi ricordo, ma sicuramente ho visto questo albero già, che strano.

- Non potevi vederlo prima, qui non e facile ad arrivare e solo se ti porta qualcuno.

- No no, sono sicura, già l'ho visto .

- Prova a ricordarti, prova è importante! Non è un albero semplice è l'*Albero della Vita*. Sai perche? Quando ti avicini e l'ho stai guardando a un certo punto lui inizia a lasciare le foglia. Vedi ci sono foglia rosse e gialle.

 Se lui inizia a lasciare le foglia rosse noi dobbiamo tornare indietro nel mondo da dove arriviamo.

 Se lui inizia a lasciare le foglia gialle noi dobbiamo andare avanti.

- Avanti? Dove avanti?

- Come spiegarti, qui è soltanto una zona dove ci fermiamo un certo tempo. Poi si va avanti.

- Ma è possibile che lui non lascia le foglia?- chiede curiosa Elizabeth.

- Si è possibile, vuoldire che rimani qui in questa zona per sempre. Però ognuno abbiamo la possibilita per provare due volte.

- E tu hai provato già una volta?

- Si ho provato per questo sono qui. – risponde triste la donna.

- Non sono caduti le foglia? - chiede Elizabeth.

- No, non sono cadute.- rispose triste la donna.

- Non stare triste. Verrà il momento ancora, non perdere la speranza.

- La speranza? Qui siamo portati da qualcuno non si vieni da soli. Devo aspettare quando la prossima volta qualcuno verrà e mi chiamerà.

- Tu devi sperare, non perdere la speranza...

La speranza, speranza - sta pensando a questa parola, si ricordava qualcosa.

- Sai io questa parola la usavo spesso, ma ... Si si l'ho dicevo spesso con il bambino malato, è lui che ha dipinto questo albero. Certo, è lui, ha fatto un quadro proprio questo albero era cosi con questi colori. Si chiama, Antony. Era lui Antony, che voleva morire.

- Non ci posso credere tu, già prima hai visto questo albero?

- Esatto, Antony l'ha chiamato... l'*albero della Vita* e l'ha regalato a me quell quadro, si l'ha regalato! – ricordava molto serena, Elizabeth.

- Guarda!!! Cadono le foglie! Solo rosse cadono! Tu devi tornare indietro!!! Allora dobbiamo andare!

- E tu cosa fai? Rimani qui? – chiede spaventosa Elizabeth.

- Eh si, per forza io non ho la possibilita di tornare indietro, ognuno abbiamo i nostri sbagli è il nostro destino. Quello che tocca me è di andare avanti oppure sto qui. Per i sbagli che facciamo in un'altro mondo qui paghiamo tutto – dice molto disperata.

- Non perdere la speranza! Hai capito, non perdere!!! – grida Eliz.

- Dai andiamo! Guarda, il ciello e diventato azzurro! Succede sempre cosi quando qualcuno torna indietro. Deve
arrivare anche una luce fortissima. – li
spiega la donna misteriosa.

Corrono, saltano, volano. Sono tornati nel posto dove si sono incontrate. Il mare adesso erà sereno. Finalmente la donna misteriosa, quell angelo si presenta chi è.

- Sono Alessandra. Ero la mamma di Maik, abbracialo dalla mia parte. Vi guarderò sempre da qui. Adesso vai, vai in discesa e non guardare indietro! Hai capito non guardare!

- E tu non perdere la speranza! Hai capito!

- Fai come ti dico, Vai!!! Devi andare fino in fondo, e non fermarti per niente!- grida dietro misteriosa Alessandra.

Elizabeth andava al passo piano , alzava la sua velocita di più e di più, sta correndo più forte e più forte, vuole fermarsi, ma non può i piedi non ascoltano, aveva paura del mare che erà giu dalla discesa. Aveva le parole in testa " vai fin in fondo". Corri, corri più forte che puoi e arriva dall improviso una luce fortisima che ha tagliato la vista .

Elizabeth non vedeva niente e non sentiva i piedi, aveva la sensazione di cadere dall altezza , sentiva che si avvicina a qualcosa in questo volo come fosse terra. E subito ha sentito un colpo fortissimo, la sua anima erà tornata nel suo corpo è tornata la vista. Elizabeth ha aperto gli'occhi, ha visto vicino a se di nuovo una donna, erà l'infermiera del ospedale. Il monitore che era attaccato ad Elizabeth per misurare il polso del cuore ha iniziato a fare rumore l'infermiera girandosi ha visto il paziente sveglio. È diventata come un muro, senza parole, spaventata sta per chiamare il dottore. Elizabeth ha capito che si trova in ospedale, ma non sa perché?

Tutto il personale è arrivato per vedere Elizabeth meravigliati la guardano senza dire nulla. Come se la vessero per la prima volta. Il dottore si prende il coraggio e dice: " Un anno è stata in coma".

- Signora lei come si sente? Mi sente?

- Facendo un segno con la mano e con la voce bassa dice : "Mi sento come appena nata" Quando hanno sentito questa risposta tutti applaudiranno. Il dottore si avvicina ad Elizabeth e disse:

- Hai vinto tu Elizabeth Lomelli grande donna è molto potente!!!

Elizabeth era molto curiosa di quello che li è successo in passato, perché era in ospedale?

Mentre l'infermiera li spiegava tutta la storia come successo, il dottore è andato a far sapere alla famiglia di Elizabeth.

Maik con Leo e Mery appena finiti di fare le decorazioni per il compleanno di 1 anno di Rihanna-Maria si preparavano come solito venire all'ospedale per trovare la loro mammina addormentata. Appena usciti di casa il celulare di Maik sta suonando. Era il dottore.

- Pronto.

- Maik sono Dott. Hank.

- Che successo dottore?

- Belle notize, la sua moglie Elizabeth si è svegliata la aspetto in ospedale.

- Veramente? O DIO! E dai!!! Stiamo già arrivando!

- Leo, Mery avete sentito anche voi, Elizabeth si è svegliata, è sveglia!

In qualche minuto già erano arrivati con la piccola in braccio come una famiglia unita stanno per entrare nella stanza di Elizabeth. Lei li aspettava già per fortuna era cosciente di tutto. Li aspettava anche lei.

Dall'entrata Maik gridava:

- Elizabeth amore mio finalmente sei sveglia!

Elizabeth solo sorrideva. Tutti si sono avicinati al suo letto insieme alla piccola, la teneva in braccio Mery. Non si può spiegare la loro felicità. La notizia di questa situazione della salute di Elizabeth Lomelli che si è restabilita era arrivata a tutti i coleghi, giornalisti e tutti che la conoscevano e quelli che non conoscevano. Arrivavano gli auguri e fiori da per tutto.

Un cestino con fiori aveva un biglietto diverso dagli altri dove c'era scritto:

" Sei una grande dona, hai vinto tu con la speranza. "

Antony.

Elizabeth si era comossa di tutto che succedeva, lei osservò il quadro che era attaccato vicino a lei. Era l'albero dipinto da Antony, che l'aveva visto già in un'altro mondo.

- E questo cosé?

- Amore l'ha portato Antony , è venuto a trovarti! - le spiega Maik.

In questo momento di gioia e felicità che non erà possibile di interromperlo. Maik erà vicino e la teneva dalla mano e disse:

- Guarda amore la bimba assomiglia a te.

- Ma voi sieti stati bravi, uniti avete cresiuto la bambina. Grazie di tutto, siete fantastici.

- Tesoro dobbiamo dire grazie a Mery, e lei che si è trasferita di nuovo da noi non c'e l'avrei fatta se non ci sarebbe stata lei. Domani piccola Rianna–Maria compie 1 anno. Vogliamo andare di la dove andavamo spesso con te in quel posto che ti piaceva di più, al mare. Però si cambia tutto, saremo qui inseme a te. Tutto che quello si fa in questa vita non è per caso, tutto ha un senso ed una logica.

- Cari mei vi amo più della mia vita. Adesso dovete andare a casa perché è tardi. Io vi saluto.

- Certo amore mio, riposati, mi spiace che non sei con noi, però passera il tempo molto più veloce di quello che crediamo.

- Maik non preoccuparti farò tutto quello che mi dirà il dottore, sarò brava. Ciao a presto.

Leo si avvicinò a sua mamma si approfittò del momento quando erano soli, non poteva non farle questa domanda:

- Mamma sono felice per te, però non capisco perché hai nascosto tutto questo? Tra di noi non c'erano segreti mai ricordi?

- Tesoro mio non capisco nemmeno io, però se l'ho fatta l'ho fatta solo per il tuo bene. Adesso devi andare è tardi. Ciao a dopo.

Dopo qualche giorno passato Elizabeth si è recuperata fra tempo era la conferma che gli esami tutti erano buoni, la salute di Elizabeth non era più in pericolo. Totalmente rigenerata e tornata a casa alla sua grande famiglia. Però sempre aveva un desiderio di avere una casa grande al mare. È arrivato il momento che questo sogno si realizzi. Maik e Leo in grande segreto acquistano una grande casa al mare per Elizabeth e tutti loro.

La nuova famiglia. Il più grande sogno di Elizabeth è di essere tutti insieme. Anche questo suo sogno è realizzato.

Leonardo si trasferisce negli SUA riceve offerte di lavoro attraenti.

Mery finisce l'università e riceve un gran premio in domenio della danza.

Maik riceve di nuovo la proposta in autosport come autopilota.

Rihanna-Maria cresce una meraviglia e li stupisce ogni giorno che passa con le cose nuove.

Elizabeth inizia a scrivere un libro. Ogni giorno era in conttato con il mare e con la natura, cosi si inspirava di più. In una delle giornate scrivendo il suo libro si addormentò, li sognava un sogno.

"Come se fosse tornata di nuovo nell'altro mondo dove c'è stata già, ha incontrato la donna misteriosa così detta Alessandra, di nuovo ha visto l'*albero della Vita*, sta volta l'albero lasciava le foglia gialle. Si avvicinò la donna misteriosa e disse; il mio momento è arrivato io vado avanti. Salutami Maik non dimenticare questa volta. Proteggi la tua famiglia perché è anche la mia sei importante per loro..." E si svegliò da quella voce che l'aveva in testa per tanto. È stato un sogno molto chiaro. Quando ha aperto gli occhi ha trovato un foglietto giallo sul quaderno dove scriveva. Si è ricordato del quadro che ha dipinto Antony, andando a vedere, c'erà una meraviglia vicino a questo dipinto era pieno di foglia gialle. Subito ha ricordato la promessa che ha fatto ad Alessandra dell'altro mondo, perchè anche questo fa parte di se stessa. È andata subito da Maik, l'ha abbracciato dicendoli; un saluto e un abbraccio dalla persona che sempre ti ha voluto bene.

" Ci portiamo dentro, chi non siamo riusciti a tenerli accanto."

Elizabeth era contenta di tutto come andava, ma comunque pensava al suo passato e tutto ciò che è accaduto.

Il suo pensiero era; niente non succede per caso, tutto ha un senso nella nostra vita. Meglio trovare il proprio amore più tardi per essere ingannati tutta la vita. Ognuno di noi ha un messaggio importante da portare avanti.

Con la speranza e amore si vince sempre nella vita, però la speranza e l'amore non abbandonarli mai.
L'amore è libero non è sottomesso mai al destino...

Finito di stampare nel mese di Ottobre 2015
per conto di Youcanprint *Self-Publishing*

www.ingramcontent.com/pod-product-compliance
Lightning Source LLC
Chambersburg PA
CBHW071206260626
47162CB00004B/1194